Sigurd Hartkorn Plaetner

Die allerbeste Zeit meines Lebens

Sigurd Hartkorn Plaetner

Die allerbeste Zeit meines Lebens

Roman

Aus dem Dänischen von
Frank Zuber

dtv

Wir danken der Danish Arts Foundation
für die Übersetzungsförderung

Danish Arts
Foundation

MIX
Papier aus verantwortungsvollen Quellen
FSC® C083411

Deutsche Erstausgabe 2021
dtv Verlagsgesellschaft mbH & Co. KG, München

Published in agreement with NORTHERN STORIES
Titel der dänischen Originalausgabe:
›Noget om Vitus‹

Satz: C.H.Beck.Media.Solutions, Nördlingen
Gesetzt aus der DTL Documenta 10/14,25·
Druck und Bindung: CPI books GmbH, Leck
Printed in Germany · ISBN 978-3-423-28285-7

Teil 1

Planlos

Der Strom, Erdbeersamen und ein Polarforscher

Ich hatte schnell herausgefunden, wie es lief: Wenn mein Verhalten von der *Norm* abwich, waren alle Augen auf mich gerichtet. Tat ich aber, was von mir erwartet wurde, hieß es »Vitus schlägt sich tapfer«, und sie ließen mich in Frieden. Weil zu viel Aufmerksamkeit noch nie mein Ding gewesen war, entschied ich mich für diese Strategie. Nicht auffallen, mit dem Strom schwimmen, immer dann lächeln oder weinen, wenn es angesagt war, keine Ausschweifungen, keine großen Ansprüche. So musste ich mich nicht andauernd mit Leuten abgeben, die besorgt um mich waren, nur mein Bestes wollten und stets wussten, was zu tun war. Leute, die das ein oder andere oder beides empfahlen, die wussten, wie schwer es für mich war, und mich gut verstehen konnten, also so ganz verstanden sie mich nicht, aber sie versuchten, sich in meine Lage zu versetzen. Ich verhielt mich unauffällig, und anstatt einen Einfachflug nach Kuba zu buchen, ging ich nach der Neunten aufs Gymnasium. Anstatt auf Schulfesten zu heulen, bekam ich Kopfschmerzen und ging früh nach Hause. Ich achtete darauf, im Unterricht weder zu viel zu fehlen noch zu wenig, ging etwa zu jeder dritten Veranstaltung, galt weder als einsam noch als besonders beliebt, zog in der zwölften Klasse von zuhause aus und fuhr bei der Abiturfeier sogar auf dem Festwagen mit, bekam jedoch nach drei Stationen Kopfschmerzen. Wieder verkniff ich mir den Einfachflug nach Kuba, nahm einen Job in einem Café an, hatte eine Freundin, Sara, vergaß zu frühstücken, rauchte ein paar Zigaretten zu viel, plus ein paar andere, nicht allzu abweichende Zerstreuungen. Im Grunde war mein Leben ein Cocktail aus Zufällen. Aber es lief gut. Niemand erwähnte mehr das Jahr 2008, und irgendwann wäre vergessen, was damals geschehen war ... dachte ich zumindest, bis zu jenem Morgen. Kein Frühstück, runter ins Café, ein schöner, ruhiger Tag. Auf dem Weg zu Sara bekam ich einen Platten, kaufte ein Mineralwasser im Supermarkt und hörte Seu Jorge, während ich mein Rad zu ihrer Wohnung schob. Laut pfeifend stieg ich die Treppen hoch und dachte an eine BBC-Sendung über Wälder, an die ich auch noch dachte, als Sara schon anfing zu plappern. Ich horchte erst auf, als sie sagte: »Klar ist es ein bisschen früh, aber ich habe mich entschieden.«

Ich bat sie, alles noch einmal zu wiederholen, und während ich ihr diesmal zuhörte, begriff ich, dass die Strategie des Mitschwimmens plötzlich ernstzunehmende Folgen zeigte.

*

Seit fast einem Jahr hatten mich keine Schuldgefühle mehr geplagt, aber als ich meine Schuhe schnürte und auf Saras Dielenboden starrte, kamen sie zurück. Nach 2006 war das schlechte Gewissen täglich auf mich eingestürmt, doch mit der Zeit war es abgeebbt und schwappte sozusagen nur sporadisch an die Hafenmole. Jetzt war alles wieder da: Meine Gedanken rissen sich los und trugen mich zurück in die Sommerferien 2004. Ich saß mit meiner Mutter am Strand und betrachtete den Sonnenuntergang, Bertram stand am Wasser und ließ Steine springen, der Sand roch nach Abendtau, eine Möwe schwebte im Gegenwind über dem Meer und mir steckte ein Erdbeersamen im Zahnfleisch. Ich fragte Mutter, ob sie glaube, dass ich einmal berühmt werden würde. Sie lächelte, zerzauste mein Haar, nahm mich in den Arm und sagte:

»Hauptsache, du wirst glücklich!«

Immer, wenn ich daran dachte, schämte ich mich zutiefst, dass ich *nicht* glücklich war. Es kam mir vor, als hätte meine Mutter ihr Leben lang geschwitzt, geweint und geblutet, um mir das größte Geschenk auf Erden zu machen, und ich hätte es mit Füßen getreten und dabei höhnisch gelacht. Ich hasste dieses Gefühl und wusste, wie irrational es war, aber ich wurde es nicht los.

Als ich die Tür hinter mir schloss, fiel mir der letzte Besuch bei meinem Kinderpsychologen ein, obwohl ich wahrhaftig andere Probleme hatte. Ein paar Monate, nachdem es geschehen war, saß ich auf dem viel zu großen Stuhl in Steens Praxis. Er lehnte sich in seinem zerschlissenen Kunstledersessel zurück, spreizte die Beine und verschränkte die Arme hinter dem Kopf. An der Wand hinter ihm hingen verblichene, eingerahmte Matisse-Poster. Vor ihm auf dem Tisch stand sein Heiliger Gral, sein Ein und Alles und einziges Werkzeug, eine Schachtel Papiertaschentücher. Seine Augen waren immer halb geschlossen, wenn er sie zärtlich zu mir schob.

Im zweiten Stock überlegte ich, ob ich die Treppe wieder hinaufsteigen und den Kampf erneut aufnehmen sollte, aber wer kehrt schon zu einer Kanone zurück, solange die Lunte brennt?

Ich hasste es, wenn Steen mich »mein Freund« nannte, denn ich war alles andere als das. Ich war die Einnahmequelle für eine weitere Flasche Rotwein am Freitagabend, und er war ein notwendiges Übel, das mir die Schule auferlegt hatte, weil es »das Beste für mich« sei. Er sprach mit mir wie mit einem Sechsjährigen, und ich glaube, er hat nie gemerkt, dass ich ihm nur nach dem Mund redete. Ich wusste, was er sagen würde, antwortete, was er hören wollte, weinte ein bisschen, wenn er die Schachtel zu mir rüberschob, und sagte ihm, von Mal zu Mal werde es besser. Ich hatte nie groß darüber nachgedacht, aber als ich die Treppe hinabstieg, kamen mir die lächerlichen Worte in den Sinn, die er bei unserem siebten »Gespräch« gesagt hatte.

Draußen auf der Straße rief ich Mads an, aber er nahm nicht ab. Ich stellte mich unter die Markise von Jans Fischladen und zündete mir eine Zigarette an. Ich starrte in den Regen und begriff absolut nichts.

»Vitus, die meisten von uns wachsen in einem sicheren Gehege auf«, sagte Steen und beugte sich über den Tisch, als sei er im Begriff, mir etwas streng Geheimes zu verraten.

Gleich würde er seinen Joker spielen, den er erst herausrückte, wenn er nicht mehr wusste, was er sagen sollte – was vermutlich oft der Fall war.

»Diese Menschen merken gar nicht, dass sie eingepfercht sind. Sie haben es leicht, ihre Welt ist klein, sie ist begrenzt, und sie selbst sind Teil der Herde. Aber einige wenige werden außerhalb des Geheges geboren oder geraten irgendwie nach draußen.«

Mads rief mich zurück, und ich ließ fast das Handy fallen, als ich es aus der Tasche zog.

»Uuuund hier ist Mads«, sagte er zu lauter Musik.

Ich kam sofort zur Sache: »Hej Mads, Vitus hier. Ich muss unbedingt mit dir reden, ich steck in der Scheiße.«

Er kannte mich wie kein anderer und wusste sofort, dass es mir ernst war.

»Wo bist du?«, fragte er.

»Vor Saras Wohnung. Kann ich zu dir kommen?«

Er stellte die Musik leiser, irgendwelches arabisches Techno.

»Ich hab Vaters Auto und bin bei Kongens Have. Könnte dich gleich auflesen. Nordre Frihavnsgade, oder?«

»Ja. Nummer 47. Danke.«

»Jederzeit.«

Ich erinnere mich an Steens Kunstpause, und dass ich an nichts anderes dachte als die Lakritzbonbons, die demonstrativ auf seiner Seite des Tisches lagen.

»Und Vitus, ich sehe ganz deutlich, dass du eines der Schafe bist, die außerhalb des Geheges stehen. Vielleicht denkst du, dass die Leute dich nicht verstehen, vielleicht fühlst du dich manchmal einsam und spürst, dass du anders bist?«

Ich zuckte mit den Schultern.

»Weil du jenseits des Zaunes stehst. Vielleicht denkst du oft *Warum bin ich nicht wie sie?*, aber du sollst wissen, dass du viel mehr bist. Wenn dir das eines Tages klar wird, wirst du dem Gehege den Rücken zukehren und deine Angst überwinden. Erinner' dich immer daran, wenn dir wieder etwas im Wege steht: Es dient nur dazu, deinen Blick vom Gehege zu lösen und auf die Welt zu richten!«

Er lehnte sich zurück und lächelte selbstzufrieden. Ich war damals dreizehn, und nach allem, was geschehen war, hätte er kaum etwas Idiotischeres sagen können. Verrückt, womit manche Leute ihr Geld verdienen.

Wie ein metaphorischer Fingerzeig löschte ein dicker Regentropfen die Glut meiner Zigarette. Ich warf sie weg, handelte mir den verärgerten Blick einer strammen Østerbro-Bewohnerin mit fünf Einkaufstüten ein und zündete mir eine neue an. Hatte ich die Situation falsch gedeutet oder war Sara verrückt geworden? Wir waren seit einem Jahr zusammen. Kennengelernt hatten wir uns auf einer Studentenparty, zu der mich ein Freund mitgenommen hatte. Eigentlich waren wir nur ins Gespräch gekommen, weil wir uns beide wie das fünfte Rad am Wagen vorgekommen waren. Sie war vierundzwanzig, studierte Rhetorik, war tadellos gekleidet, fluchte nicht, rauchte nicht und trank weniger als eine viertel Flasche Bier in der Zeit, in der ich fünf leerte. Sie hatte ein Semester in Paris studiert, wollte ihren Magister machen und die Abschlussarbeit in Rechtsphilosophie schreiben, liebte französische Literatur, ging regelmäßig joggen und bezahlte schon die Raten für ihre Eigentumswohnung in der Nordre Frihavnsgade. Ich hingegen ... einundzwanzig, arbeitete in einem Café, mietete eine kleine Zweizimmerwohnung von einem versoffenen Anwalt, ernährte mich von Tiefkühlpizzas, hatte keine Ahnung, was ECTS-Punkte waren, dachte nicht im Traum ans Joggen und schlief jeden Abend zu einer Folge *Family Guy* ein. Mit anderen Worten: Der grundlegende Unterschied zwischen uns war, dass sie einen Plan hatte, wie ihr Leben aussehen sollte – und zwar seit geraumer Zeit. Sie las jedes kleine Stöckchen, das sie finden konnte, auf und legte es behutsam auf die anderen, und in einem oder zwei Jahrzehnten würde aus einem Stapel Reisig ein Palast werden. Ich hingegen rannte hustend durch die Gegend und versuchte, die vielen Strohfeuer zu löschen, die ich nur entfacht hatte, um mich vorübergehend zu wärmen, und die nun mein Heim bedrohten. Vielleicht war es die Neugier auf unser jeweiliges Gegenteil, jedenfalls tauschten wir nach einer Stunde Telefonnummern aus und verabredeten, uns auf einen Kaffee zu treffen. So etwas hatte ich noch nie getan, aber was hatte ich schon zu verlieren, und außerdem war sie auf ihre korrekte Weise ziemlich süß. Wir hatten nichts gemeinsam, und das war unser einziges Gesprächsthema, als wir uns auf den Kaffee trafen, und beim nächsten Mal bemerkten wir, es sei so lustig, dass wir darüber reden konnten, dass wir nichts gemeinsam hatten. So ging es still und leise weiter. Woody Allens Neuester im Kino (ja, der war wirklich herzergreifend!), zwei Bier, ein Gutenachtkuss (aber nicht mehr), zusammen auf einer Fete, Übernachtungen bei ihr, kontrollierter Beischlaf (aber nicht mehr), gesunder Brunch, eine neue Verabredung (und viele mehr) – sind wir eigentlich ein Paar?, tja, ich glaube schon!, ein Wochenende mit Dalí-Ausstellung in Paris, warum studierst du eigentlich nicht, du würdest es lieben!, ja, vielleicht!, Filme und Snacks am Freitagabend auf dem Sofa, und ehe ich mich versah, bat sie mich, beim Kaugummikauen nicht so zu schmatzen, und ich erfand Verabredungen, um ihrem demonstrativen Schweigen zu entgehen, wenn ich mal keine Lust hatte, sie zu sehen. Egal, wie oft ich die Sache in Gedanken durchging, ich fand einfach keine vernünftige Erklärung für das, was sie mir gerade gesagt hatte. Nichts.

Unten an der Kreuzung fuhr ein Wagen laut an, und ich wusste sofort, dass es Mads war. Mads hatte die Angewohnheit, stets auf sich aufmerksam zu machen, und so blieb es niemandem verborgen, wenn er in der Nähe war. Ausladende Gestik, lautes Lachen, schrille Hemden und eine unerklärliche Ausstrahlung – er war wie ein Lagerfeuer, um das alle herumsaßen. Selbst sein Schweigen war deklamatorisch. Manche Menschen fallen auf, obwohl sie gar nichts tun, andere können schreiend durch eine Kirche gehen, ohne dass man sie bemerkt. Mads gehörte in erstere Kategorie, ich in letztere (außer, dass ich niemals schrie), und jeder von uns war damit mehr als einverstanden. Er liebte es, Publikum zu haben, und ich liebte es, Publikum zu sein.

»Was geht? Wohin fahren wir?«, fragte er, als ich einstieg.

»Einfach nur weg«, antwortete ich und klopfte ihm aufs Knie.

Wir bogen links ab in den Strandboulevarden, fuhren bis zur Århusgade hinauf und unterquerten die S-Bahn in Richtung Hellerup. Mads wusste, wann es an der Zeit war, zuzuhören, und das schätzte ich an ihm. Wann es angebracht war, nachzufragen, und wann man besser abwartete. An jenem Tag Ende Februar wartete er ab.

»Sara will ein Kind«, sagte ich, als wir in Hellerup an der Konditorei vorbeifuhren.

Mads hupte zweimal.

»Dann solltest du sie besser nicht schwängern«, sagte er mit jenem selbstbewussten Lächeln, mit dem er aussah wie Leonardo DiCaprio in *The Wolf of Wall Street.*

Ich trommelte mir auf die Oberschenkel. Erst beim Charlottenlund Fort kapierte er.

»Das ist nicht dein Ernst?«, fragte er und sah mich ungläubig an.

»Doch.«

Er runzelte die Stirn, und ich wusste, dass er sich gleich zu mir umdrehen würde, also kam ich ihm zuvor.

»So einfach ist das nicht. Sie nimmt die Pille oder Minipille oder so was, aber die ist offenbar nicht hundert Prozent sicher. Tja … und vor zehn Tagen sagt sie mir, sie sei schwanger. Eigentlich war völlig klar, dass sie das Kind abtreiben würde, aber dann hat sie mich gefragt, ob wir nicht noch mal nachdenken könnten. Nur eine Woche lang, zur Probe.«

»Und darauf hast du dich eingelassen?«, unterbrach er mich.

Ich erklärte ihm, warum. Es war ein rein gedankliches Experiment gewesen. Sie hatte nun mal ein Kind im Bauch, da fand ich es natürlich, in Gedanken durchzuspielen, wie es wäre. Aus Höflichkeit und weil mir das Gedankenspiel gefiel, hatte ich zugesagt, mehr nicht. Mads verriet mit keiner Miene, was er dachte. Kurz vor dem Bellevue-Strand hielt er an, direkt vor der Knud-Rasmussen-Statue, die über den Øresund blickte. Er stellte den Motor ab, stieg aus und setzte sich auf die Mauer, die Meer und Straße trennte. Ich zog den Reißverschluss meiner Jacke zu, setzte mich neben ihn und nahm dankend die Zigarette an, die er mir hinhielt.

»Dumm gelaufen«, sagte er und lächelte.

»I know.«

»Du hättest dich nicht auf diese Bedenkzeit einlassen sollen.«

»Hinterher ist man immer schlauer. Woher sollte ich wissen, dass sie plötzlich ein Kind haben will? Ich meine, sie kauft Flugtickets ein halbes Jahr im Voraus und zahlt jeden Monat 500 Kronen auf ein Sparkonto ein, obwohl sie ein Stipendium hat … Du weißt doch, wie sie ist.«

»Ja, sie ist nicht gerade impulsiv. Eher eine, die den Vater ihres Kindes auf der Business-School aussucht und mit ihm nach Griechenland fährt. Und was genau hat sie gesagt?«

»Na ja, dass sie keine Abtreibung mehr will, sondern das Kind behalten«, seufzte ich und griff mir an den Kopf.

»Jetzt chill mal. Natürlich wird sie das Kind nicht bekommen. Wahrscheinlich hat ihr irgendeine sentimentale Østerbro-Freundin den Floh ins Ohr gesetzt.«

Ich konnte mir ein Grinsen nicht verkneifen.

»Vielleicht hast du recht. Aber was soll ich tun? Ich habe klargestellt, dass ich kein Kind will, aber das hat sie überhaupt nicht beeindruckt. Sie hofft, dass ich es irgendwann akzeptieren kann, hat sie gesagt.«

Mads hob einen Stein auf und flippte ihn ins Wasser.

»Also, wie ich sie kenne, ist es kaum ihr Ideal, alleinerziehende Mutter zu werden. Sie braucht eine Kernfamilie mit Hauptfiliale in Gentofte, hab ich recht?«

Das hatte er, mehr oder weniger. Und genau da stieg ich aus. Es machte keinen Sinn, dass sie ein Kind mit *mir* wollte. Es entsprach nicht ihrem Plan, das wusste ich, und sie wich nie von ihren Plänen ab. Klar, wir schätzten einander, aber sie wusste ebenso gut wie ich, dass wir nie Kinder zusammen haben würden. Jedenfalls nicht jetzt. Die Rechnung ging nicht auf. Sie war von Natur aus organisiert, gut getimt, strategisch und vernünftig – was zum Teufel sollte diese Kehrtwende?

Wir entschieden, dass die Hormone Sara einen Streich gespielt hatten und dass sie sich besinnen würde, wenn ich mich ein bisschen rar machte. Dann würde sie begreifen, dass sie einer Illusion aufsaß.

Wir drehten die Heizung auf und fuhren weiter Richtung Bellevue. Die Möwen schwebten im Gegenwind über dem Meer, als würden wir durch ein Gemälde fahren. Sie hingen immer an derselben Stelle, bewegten sich weder vor noch zurück.

»Mads?«

»Was denn?«

Ich hatte eigentlich nicht fragen wollen.

»Erinnerst du dich an damals auf dem Badesteg?«

Mads schien kurz zu überlegen, dann glättete sich seine Stirn wieder. Er presste die Lippen fest zusammen und nahm meine Hand. Nachdem er auf den Radweg gefahren war, hielt er an und sah mich an. Seine Augen waren wie flüssiges Stearin.

»Warum fragst du?«, flüsterte er.

»Wie Jesper auf den Steg kam, weißt du … Als Sara mir von der Schwangerschaft erzählte, musste ich daran denken.«

Mads drückte meine Hand und wendete den Blick ab. Wir hatten seit damals nicht mehr darüber geredet. Er nickte zweimal und atmete tief ein.

»Natürlich erinnere ich mich. Das vergesse ich nie.«

Ich glaube, er weinte. Dass er sich erinnerte, bedeutete mir viel.

»Ich auch nicht«, sagte ich und drückte den Daumennagel so fest an den Zeigefinger, dass es blutete.

Wir starrten ein paar Minuten vor uns hin, bis ich fragte, wie es seinen Eltern gehe.

Wir kreuzten ein Stück die Küste hinauf und sprachen über ein Mädchen, das Mads gefiel. Dann fuhr er mich nach

Hause. Ich war rastlos und putzte Spiegel, meine Brille, den Herd, die Wasserhähne und zwei Fenster, während ich das Ganze zum tausendsten Mal durchdachte. Es ärgerte mich, dass ich nicht anders reagiert hatte. Ich war sauer geworden, weil es einfach nicht in meinen Kopf ging. Kurz bevor ich schlafen ging, bekam ich eine SMS von ihr: *Ich hoffe, wir schaffen das gemeinsam. Ich liebe dich, Vitus.* Das hatten wir einander nie gesagt, und ich wusste nicht, was ich davon halten sollte. Ich lag eine halbe Stunde wach, kratzte mich im Schritt und starrte an die Decke, bis ich endlich einen Plan hatte. Es gab keine andere Möglichkeit, ich musste die Beziehung eine Weile auf Eis legen und Sara zeigen, dass sie mich nur wiedergewinnen würde, wenn sie ihre Meinung änderte. Zwar tat es mir leid, so berechnend zu sein, aber sie hatte mich dazu gezwungen.

Eigentlich …

Mit der Stille kamen die Fragen, und am zehnten Tag hielt ich es nicht mehr aus. Ich hatte meinen monatlichen Besuch bei Bertram und Tove mehrfach aufgeschoben und musste endlich Farbe bekennen. Es war typisch S-Bahn: eine Frau, die in sarkastischem Ton mit ihrem Kind redete, zwei norwegische Mädchen, die miteinander tuschelten und kicherten, ein Typ, der auf dem Telefon Musik hörte und mit gerunzelter Stirn auf den Boden starrte, und ein alter Mann mit Halstuch, der verwirrt feststellte, dass die Welt nicht mehr die seine war. Als der Typ mit der Musik ausgestiegen war, beschloss ich spontan, Sara anzurufen. Lieber jetzt als später, dachte ich, denn vier Stationen vor Hareskov stand mir eine natürliche Hintertür offen. Zu meiner großen Überraschung freute sie sich aufrichtig. Für einen Sekundenbruchteil vermisste ich sie wie ein Entführungsopfer mit Stockholm-Syndrom seinen Kidnapper, und gleichzeitig ärgerte ich mich schwarz. Es war, wie wenn man durstig zum Wasserglas greift, einen großen Schluck trinkt und dann merkt, dass es Weißwein ist. Ihre Freude lähmte mich. Natürlich dauerte das Gespräch länger als die vier Haltestellen, ich saß noch eine halbe Stunde auf einer Bank in Hareskov und spürte, wie die Panik in mir aufstieg. Sie fragte nicht, warum ich mich so lange nicht gemeldet hatte, war gut gelaunt und überzeugt, dass sie das Richtige tat, hoffte innig, ich würde mit der Zeit genauso denken, sie verstand ja, dass ich überrumpelt war, und es tat ihr leid, wenn es aussah, als hätte sie über meinen Kopf hinweg entschieden, sie vermisste mich, aber es war ihr Körper, sie war genauso überrumpelt wie ich, aber das Gefühl war da, und waren Gefühle nicht das Allerwichtigste (wie zum Teufel kam sie eigentlich plötzlich darauf?), das alles fand sie aufregend, war bereit für Veränderungen und meinte, ich solle mir so viel Zeit lassen, wie ich brauchte, wünschte mir einen schönen Tag, freute sich, von mir zu hören, mich wiederzusehen, mich zu küssen, hatte mich wirklich lieb, sagte Tschüss, vermisste mich wieder und wieder, und danke, dass ich angerufen hatte, es bedeutete ihr viel. Ich sagte, sie sei übergeschnappt, und sie hoffte, ich würde sie verstehen. Kuss. Kuss.

Ich verstand nur, dass sie es ernst meinte und ich tief in der Scheiße saß. Sie hatte klargestellt, dass ich entweder mitmachen konnte oder nicht – geschehen würde es so oder so.

Ich hatte guten Grund, wütend zu sein, aber wer denkt schon an die Wasserrechnung, wenn das Haus in Flammen steht?

Ich spürte eine mittlere Angstattacke kommen, blieb fünf Minuten sitzen und atmete tief ein und aus, bis es sich gelegt hatte. Auf dem Bahnsteig gegenüber sah ich meine Mutter. Sie trug ihren lila Overall und starrte mich beharrlich an. Ich hatte sie seit drei Jahren nicht gesehen und wusste nicht, was ich tun sollte, deshalb spuckte ich dreimal aus und ging weiter in den Wald. Natürlich hätte ich Bertram und Tove absagen und heimfahren können, aber ich brauchte Ablenkung, und außerdem wusste ich, dass es nicht gut war, allein zu sein, wenn die Angst anklopfte.

Tove stand in der Küche und hackte Zwiebeln. Sogar von hinten sah man ihr an, dass sie ein Freiluftmensch war. Mir fiel auf, wie unregelmäßig sie alterte. Ihr Gesicht wirkte noch immer jung, ebenso ihr Körper, aber ihre Hände waren faltig und ihr Haar war grau. Als wäre sie ihr Leben lang in einem Salzfass konserviert gewesen, aus dem nur Hände und Haare ragten.

»Hej, Vitus«, sagte sie. »Vater sitzt im Wohnzimmer.«

»Ich nenne ihn Bertram.« Ich versuchte nicht einmal, meinen Ärger zu verbergen.

»Bertram sitzt im Wohnzimmer.«

Und wie er saß. Er war wie angeklebt, ich konnte kaum unterscheiden, ob er auf dem Sofa oder das Sofa auf ihm saß. Auf dem Schoß die Wochenzeitung, die Beine fielen müde auseinander, und seine Augen machten das Lächeln nicht mit, als er Hej sagte. Ich kam mir vor, als schaute ich in einen Spiegel, der 34 Lichtjahre entfernt stand, was mich ziemlich frustrierte. Schon seit Jahren saß Bertram so da, aber heute machte es mir etwas aus. Ich musste an früher denken, als wir in dem alten Haus wohnten. Er, Mutter und ich. Als sein Rücken selbst am Abend noch gerade war, und wie die Adern auf seinen Unterarmen hervortraten, wenn er mich mit in den Wald nahm und die Motorsäge in die Baumstämme schlug. Sein jungenhaftes Lächeln, bei dem ich immer wusste, dass er an Dinge dachte, die ich nicht verstand. Ich sah ihn auf dem Sofa sitzen und hoffte insgeheim, er würde aufstehen und den gekachelten Tisch umwerfen. Und brüllen. Den Tisch umwerfen, brüllen und mich in die Arme nehmen. So fest, dass ich glaubte, gleich würde mein Rückgrat brechen, wie damals als Kind. Aber das tat er nicht. Er fragte nur, ob es mir gut gehe, und rührte sich nicht vom Fleck. Wir saßen zehn Minuten zusammen und redeten oberflächliches Zeug, wie immer. Ich fragte, wie es ihm gehe, er antwortete »den Umständen entsprechend«, wie immer. Das Rascheln der Zeitung erinnere ihn an Segel, die im Wind flattern, sagte er, ob ich es hören könne? Mich erinnerte es daran, dass mir Zeitungen egal waren, und wie ich es vermisste, Bertram froh zu sehen.

»Sollen wir vielleicht ein Glas Wein trinken?«, fragte ich, als wir uns an den Tisch setzten, und dachte an Sara.

»Wir trinken keinen Alkohol mehr. Es hat uns nicht gutgetan. Aber du kannst gern ein Glas haben«, sagte Tove und stand auf.

Das bedeutete, dass Bertram aufgehört hatte zu trinken, weil sie fand, dass es ihm nicht guttat. Und die demonstrative Langsamkeit, mit der sie die Flasche entkorkte und mir das eine Glas einschenkte, bedeutete, dass dies in ihren Augen auch für mich galt. Ich schenkte mir kontrademonstrativ viel ein und aß weiter. Tove verschwendete ein paar lange Minuten damit, sich über irgendeine Belanglosigkeit aufzuregen, von der sie in der Zeitung gelesen hatte, ehe sie auf mich kam.

»Wie läuft's auf der Arbeit?«

»Gut, danke.«

»Und die Uni? Hast du dir schon was überlegt?«

»Ja, alles Mögliche. Mal sehen«, sagte ich und schenkte mir noch ein Glas Wein ein.

»Wolltest du nicht umziehen?«

»Nein, das ist schon eine Weile her.«

»Hm«, sagte sie, hob die Gabel und drehte sie, als müsse sie ihr Essen von allen Seiten begutachten, bevor sie es in den Mund nahm.

»Aber Vitus … wie geht es dir … eigentlich?«, fragte sie und musterte den nächsten Bissen.

Dieses lächerliche *eigentlich*! Hätte sie einfach nur gefragt, ob es mir gut ging, hätte ich »Ja« antworten können. Ohne *eigentlich* hätte ich »Gut, danke« sagen können, aber sie hatte das Wörtchen mit chirurgischer Präzision platziert.

Manche Menschen beziehen ihre Energie, indem sie anderen Ratschläge erteilen oder sie trösten. Es ist ihr Fix, ihr Heroin, dass sie gebraucht werden. Tove war so ein Mensch. Nichts brachte ihre Augen mehr zum Leuchten als die Probleme anderer. Jede erdenkliche Krise zog ihre volle Aufmerksamkeit auf sich. Tove würde sogar dann Probleme auftun, wenn gar keine da waren, denn das war ihre Art, sich selbst zu helfen. Seit Langem spielte sie Bertrams Beschützerin, Lebensretterin und Psychologin, und dabei war sie stets darauf bedacht, dass es ihm nicht eines Tages zu gut ginge und er ihr Mitleid nicht mehr bräuchte. Deshalb passte ich immer auf, dass ich unverletzlich blieb, wenn sie in der Nähe war. Leider stand ich diesmal zu weit neben mir. Jeden meiner Schlucke hatte sie mit einem Stirnrunzeln begleitet und dann kam dieser Blitzangriff. Dieses kleine *eigentlich* brachte das Fass zum Überlaufen.

»Oh, mir geht es wunderbar. Sara, die ihr nicht mal kennt, ist schwanger. Sie will das Kind behalten und ich kann nichts dagegen tun. Ich will aber nicht Vater werden, jedenfalls nicht jetzt, und schon gar nicht mit ihr. Ich habe mein Konto überzogen, arbeite in einem beschissenen Café und vermisse meine Mutter jeden Tag. Über die Hälfte meiner alten Klassenkameraden sind schon mit der Ausbildung fertig, während ich hier sitze und warte. Ich warte darauf, dass Sara ein Kind zur Welt bringt, das ich nicht will.

Warte, dass irgendwas geschieht. Ich warte, bis die ganze Scheiße auf mich einstürzt. Kein Wunder, dass es mir supergut geht.« Ich bereute es im selben Augenblick.

»Sie ist schwanger?«, rief Tove und fiel vor Begeisterung fast vom Stuhl.

»Ja. Aber ein Kind ist das Letzte, was ich jetzt gebrauchen kann. Und ehrlich gesagt habe ich keinen Bock, darüber zu reden.«

»Das müssen wir aber«, sagte Tove.

Reden, reden, immer nur reden. Konnte man nicht mal zehn Sekunden Ruhe haben? Nein, wir müssen im Kreis sitzen und reden, bis die Sonne aufgeht und der Himmel uns auf den Kopf fällt. Diese Fuck-Redekultur gab mir existenziellen Stress.

»Heute nicht«, versuchte ich vergeblich. »Es ist noch zu früh.«

»Da gibt es kein Heute und Morgen. Ein Kind ist nichts, was man gebrauchen kann oder nicht. Ein Kind ist Verantwortung, der man sich stellen muss, wenn …«

»Vitus weiß das, da bin ich mir sicher. Und ich bin auch sicher, dass er eine Lösung finden wird«, unterbrach Bertram sie. Seine Augen funkelten, seine Pupillen waren Glaskugeln, die er ihr in die Stirn feuern würde, wenn sie nicht respektierte, dass ich nicht darüber reden wollte. Es war eine kleine Geste, aber sie bedeutete mir unendlich viel. Nicht nur, weil er Tove zurechtgewiesen hatte (was allerdings den Schadenfreude-Teufel in mir weckte), sondern vor allem, weil seine Augen wieder gefunkelt hatten.

Auf dem Heimweg roch der Wald vermodert, und ich sah meine Mutter auf den Gleisen.

Ein Goldfisch auf Coke

Ein paar Wochen später, Ende März, teilte ich die Schicht mit einem Typen namens Johan. Er hatte drei Punkte unter dem Auge, die in einer so geraden Linie angeordnet waren, dass ich ihn jedes Mal, wenn wir uns sahen, fragen wollte, ob es Muttermale oder kleine Tätowierungen waren, aber ich hatte mich nie getraut. Er lachte wie ein alter Mann, trug stets zu kurze Hosen und zählte immer die Silben in den Sätzen anderer Leute. Obwohl er offen und viel über sich sprach, hatte man das Gefühl, nichts über ihn zu wissen. Trotzdem konnte ich ihn gut leiden. Als wir eine Weile wenig zu tun hatten, fragte er mich, ob ich am Abend etwas vorhabe. Ich war locker mit Mads verabredet, aber wir hatten nichts Konkretes vor, was letztendlich bedeutete, dass wir entweder über Sara und das Kind reden oder das Thema bewusst vermeiden würden, in jedem Fall würde sich der Abend also darum drehen, worauf ich keine Lust hatte. Keine konkreten Pläne, sagte ich und fragte Johan, ob er welche habe.

»Ich treffe mich mit Freunden auf ein paar Bier, und dann sehn wir weiter. Willst du mitkommen? Sie sind supernett.«

Mein erster Gedanke war, wie üblich Nein zu sagen, aber dann dachte ich, dass ein bisschen Abwechslung nach einer weiteren elendigen Woche nicht schaden könne, und sagte Ja.

Seit dem Telefonat in der S-Bahn hatte ich nicht mehr mit Sara gesprochen und wusste nicht, wer von uns am Ball war. Ich hatte oft versucht, zu einem Schluss zu kommen, aber alle meine Schlüsse waren hoffnungslos. Sara hatte mich in eine Lage gebracht, in der ich nur verlieren konnte. Nichts, was ich ab jetzt mit meinem Leben anfing, würde mehr für sich allein stehen. Alles würde unter dem Aspekt der Vaterschaft betrachtet. Ich würde ein junger Vater sein, der nichts auf die Reihe brachte und sich nicht genug um sein Kind kümmerte. Das Kind wäre eine Art Hausaufgabe, die ich pflichtschuldig machen würde, während ich mich insgeheim damit beschäftigte, was danach käme. Ich würde es nicht lieben, sondern wie ein Haustier betrachten, das ich hüten musste. Außerdem würde es schon bald ein Pendelkind sein, denn Sara und ich konnten nicht einmal gemeinsam kochen, ohne uns zu streiten. Vitus der Zweifler, kein guter Kerl, kein guter Barista. Alles würde an meinen Leistungen als Vater gemessen werden. Angenommen, ich würde zehn Millionen verdienen und die ganze Summe spenden. Dann würde meine Biografie von einem Paradox erzählen. Ich wäre der Vater, der Millionen Menschen in Afrika gerettet, sich aber nicht um das eigene Kind gekümmert hat.

Ein Nachmittag im Café genügte, um mich von der Idee abzubringen, ich könnte mich in die Rolle des tüchtigen Vaters einfinden. Diese selbstverliebten, humorlosen BWLer und Juristen mit Titanbrillen, übertriebenem Gerechtigkeitssinn, Genossenschaftswohnungen und niedriger Toleranzschwelle gegenüber Straßenlärm – sie gehörten einer anderen Rasse an als ich, und so sollte es bleiben. Der einzige Vater, mit dem ich sympathisierte, war ein Typ mit Tätowierungen, Dreiviertelhosen und Daunenweste, der jeden Nachmittag mit seiner Tochter in meinem Hinterhof spielte. Genauer gesagt spielte er mit sich selbst, während die Tochter zusah. Ich hatte ihn dreimal beobachtet. Beim ersten Mal schoss er zwei Stunden lang einen Fußball so fest er konnte gegen die Wand, und nach jedem Schuss lief er eine Runde und ließ sich von seiner Tochter vergöttern. Beim nächsten Mal radelte er auf seinem Mountainbike hin und her und machte kleine Sprünge, fuhr schnell an, bremste fest und versuchte, auf dem Hinterrad zu fahren – wieder, während seine Tochter auf einem Stein saß und zuguckte. Manchmal schaute er zu ihr hinüber, aber eher, um sich zu versichern, dass sie seine Kunststückchen auch sah. Er war wie ein dreizehnjähriger Junge, der die Aufmerksamkeit eines gleichaltrigen Mädchens erheischen will. Ich stellte mir vor, dass er seine Tochter öfter fragte, ob sie seinen Bizeps fühlen wolle. Ich mochte ihn, weil er den üblichen Kinderkult verweigerte und sein Kind nicht fanatisch inszenierte. Er war nicht der Typ, der Unterschriften für mehr Bio-Obst in der Schulkantine sammelte. Leute wie er zeigten mir zwar keinen Weg aus meiner Zwickmühle, aber sie gaben mir wenigstens das Gefühl, dass ich nicht der einzige hoffnungslose Mensch in Kopenhagen war.

Eine Möglichkeit war, einfach zu sagen, dass ich nichts mit dem Kind zu tun haben wolle. Dass es ihr Entschluss sei, ihre Verantwortung, ihr Projekt. Doch dieser Gedanke quälte mich genauso. Mein eigenes Kind würde in meiner Nähe herumlaufen, ohne dass ich den geringsten Einfluss hätte. Sara würde es ganz nach ihrem Willen erziehen, vielleicht mit einem Ersatzvater, und ich würde auf ewig als gescheiterter Vater dastehen – ein noch größeres Fiasko, als ein schlechter Vater zu sein. Ein kinderloser Vater. Als ich mit Johan nach Nørrebro radelte, um seine Freunde zu treffen, tat ich es nicht, um Menschen kennenzulernen, sondern um Menschen zu vergessen.

Über dem King of Kebab in der Nørrebrogade hauste eine große WG, aber nur einer der Freunde wohnte dort. William war ein merkwürdiger Typ, schwer einzuschätzen. Er hatte braune Augen, trug einen abgewetzten Jogginganzug und eine lange Goldkette, redete dickes Jütisch und war unglaublich freundlich. Außer uns war ein Junge aus Nordjütland namens Nick mit seiner Freundin, Julia, da. Am Anfang war alles etwas steif, aber dann … Johan und ich unterhielten uns über die Arbeit im Café, während die anderen über Freunde aus Aarhus sprachen. Aber der schwarze Müllsack mit leeren Dosen wurde immer dicker, die Musik lauter, die Nacht dunkler und die Gesellschaft immer größer. Johan erzählte von seiner Kindheit in einer Kommune, und nach einer guten Stunde waren Sara und das Kind fast im Nebel verschwunden, und es kam mir nicht mehr unnatürlich vor, dort zu sitzen. Der Abend hatte sich zu einer Fete entwickelt. Ich war weder zufrieden noch unzufrieden, ich war einfach nur und dachte nicht allzu viel darüber nach. Zu diesem Zeitpunkt glaubte ich, der Abend würde sich wie folgt entwickeln: Ich würde noch ein paar Bier trinken, mit ein paar Fremden darüber reden, wie wir hier gelandet waren, die andern würden tanzen und ich würde in der Küche Kaffee kochen, manche würden irgendwelchen Stoff nehmen, ich würde noch ein paar Bier trinken und ziellos auf dem Fest umherschweifen, bis ich schließlich meine Jacke liegen lassen und heimwanken würde, weil ich endlich voll genug war, um einfach ins Bett zu fallen, ohne zweimal um alle Seen zu laufen und zu grübeln, wie ich es jede Nacht zuvor getan hatte. Meine Erwartungen wurden so weit erfüllt, bis ich um 01:47 Uhr beschloss, noch einmal pinkeln zu gehen, ehe ich meine Jacke liegen ließe und zur Tür hinauswankte.

Ich konnte kaum noch einhalten, und vor dem Klo wartete nur ein Mädchen in schwarzen Hosen, einem weißen T-Shirt mit Pinguinaufdruck und Sneakers. Sie lächelte still vor sich hin, den Blick auf die verschlossene Tür gerichtet, hatte mich noch nicht entdeckt, weshalb ich stehen blieb und sie beobachtete. Manchmal verzaubern winzige Details, und die Art, wie dieses Mädchen dort stand und vor sich hin lächelte, ließ meine Knie zu Gummi werden. Sie sah aus wie jemand, der in seiner eigenen Gesellschaft voll und ganz zufrieden war. Die meisten Menschen behaupten zwar, dass sie sich selbst mögen, aber ich glaube ihnen nicht. Sie dagegen … ihr Lächeln erinnerte mich an eine Großmutter und ein Enkelkind, die sich nach einem Jahr der Trennung wiedersehen. Sie sah aus, als hätte sie diese unmittelbare, unprätentiöse Freude an sich selbst. Am liebsten hätte ich sie abgeleckt, um mich mit ihrer Gelassenheit anzustecken. Saras Schultern waren immer angespannt und sie atmete nie tief ein, als hätte sie Angst vor zu viel Sauerstoff. Ihre Prämisse war, dass die Welt ihr Schlimmes wollte, das Mädchen vor der Toilette schien mit seinem Lächeln das Gegenteil zu sagen.

Ich lehnte mich neben ihr an die Wand, versuchte, cool auszusehen, und konzentrierte mich darauf, nicht in die Hose zu pissen. Ich glaube, sie sah es mir an, denn als die Toilette frei wurde, sagte sie, ich könne ruhig vor ihr gehen. Obwohl meine Blase fast platzte und ich nur heimwollte und eigentlich zu voll war, um höflich zu sein, sagte ich, ich könne warten.

Sie grinste.

»Kannst du nicht. Ich erkenne einen Mann, bei dem es drückt. Geh vor, du Schwätzer – du pinkelst sowieso schneller als ich.«

Zu jedem anderen Zeitpunkt wäre ich ohne weitere Diskussion in die Toilette gestürmt, aber diesen kurzen Augenblick wollte ich ausdehnen.

»Ich pinkle echt langsam und könnte es nicht ertragen, wenn du wegen mir in die Hose machst«, sagte ich und fühlte mich plötzlich ziemlich nüchtern.

Wir sahen einander an und grinsten um die Wette, bis sie sagte, dass wir wohl gemeinsam reingehen müssten, weil keiner vor dem anderen wollte. Ich grinste dumm, aber sie sah mir weiter in die Augen mit ihrem schiefen Lächeln.

Ich weiß nicht, war es der Alkohol oder war es ihre Art, war es womöglich ihr Parfum, dieser Duft nach Tannen, oder war es meine Wut auf Sara, ich weiß wirklich nicht, warum, aber ich nahm die Herausforderung an und ging mit ihr hinein.

Die Toilette war sehr klein, und als ich die Tür hinter uns geschlossen hatte, lächelte sie mich noch immer schief an, als wollte sie mich herausfordern, als würde ich nicht glauben, dass sie vor meinen Augen pinkeln würde, was ich auch nicht tat. Wir hielten Augenkontakt, als sie die Hose auf die Knöchel hinabschob und sich setzte.

»Ich heiße Emma«, sagte sie und streckte die Hand aus, während sie pinkelte.

In dieser Situation erschien es ganz natürlich, dass ich ihre Hand nahm, mich ebenfalls vorstellte und anschließend selbst pinkelte. Dabei stellten wir fest, wie ehrlich es im Grunde war, sich auf der Toilette kennenzulernen.

Mein Plan, nach Hause zu gehen, war vergessen. Ich wollte mehr über sie wissen. Wir gingen in die Küche und kochten Kaffee, tranken ein Bier und stellten einander abwechselnd Fragen, bei denen man zwischen zwei Möglichkeiten wählen musste. Das hatte ich von Mads, es war seine Methode, um mit Mädchen ins Gespräch zu kommen, und ich muss sagen, dass es funktionierte. Sie zog ein Steak einem Salat vor, wollte lieber in Lissabon als in New York wohnen, lieber einen klugen als einen starken Mann haben und lieber ertrinken als verbrennen, wenn es sein musste. Und sie brachte mich ständig zum Lachen. Sara und ich konnten gemeinsam über einen Komiker lachen, nicht aber über etwas, das wir sagten oder taten. Emma jedoch brachte mich zum Lachen wie ein Arzt, der mit dem Hämmerchen unter die Kniescheibe klopft, sodass man austritt. Sie sagte alles, was ihr in den Sinn kam, und kümmerte sich nicht darum, was andere von ihr dachten. Sie war direkt, impulsiv und schlagfertig. Wenn sie zuhörte, weiteten sich ihre Augen, wenn sie lachte, erinnerten sie an zwei aufgespannte Regenschirme, und wenn sie nachdachte, sank das linke Lid etwas herab. Die Zeit und die Biere flossen davon, plötzlich waren wir draußen und teilten uns einen Joint, waren im 7-Eleven, saßen an den Seen, hatte ich Lust, sie zu küssen, stellte mir vor, mit ihr zusammenzuleben, tauschten wir Telefonnummern aus, verabschiedeten uns, kniete ich zuhause allein vor der Toilette und kotzte, bekam eine SMS von Sara, kümmerte mich nicht darum, machte das Licht aus, atmete tief ein und dachte nach.

Es war sinnlos. Was Beziehungen und andere Frauen anging, war ich so besetzt wie nur möglich. Ich war noch mit

Sara zusammen und musste entscheiden, wie ich zu dem Kind stand. Mich in ein anderes Mädchen zu verlieben, würde keines der beiden Probleme lösen. Im Gegenteil, es würde alles noch komplizierter machen und mich noch mehr verwirren.

Trotzdem musste ich dauernd an sie denken. Genau das war der Punkt: Sie hatte keinerlei Funktion und diente keinem Ziel, es gab keine Erklärung, aber sie schwamm pausenlos in meinem Hirn herum, wie ein Goldfisch auf Coke.

Von blind zu sehend

Mads hatte die Angewohnheit, verschiedene Musikgenres, Kleidungsstile, Jargons oder Gerichte zu seinem persönlichen Kult zu machen, bis er sie satthatte. Er nannte dies »serielle Passion«, ich nannte es Phasen. Seine dominantesten Phasen, von unserer Kindheit an in chronologischer Reihenfolge, waren: Fallen im Garten bauen, FIFA 98, Trampolin, die Hanson-Brüder und Skateboard, Petanque, Jimmy Hendrix und Tischlerei, deutsche Philosophie, Rotwein-Lexika, Risotto und Gymnasialschülerinnen, Wood Wood, alles mit Anchovis und Franz Ferdinand, klassische Musik, Jazz, Punk, TED-Talks, Entmaterialisierung, Jura, veganes Essen, Evolutionsbiologie, Architektur, ältere Frauen, junge Mädchen, Beat-Literatur, deutsche Raver der Neunziger, Okkultismus, Porno, emanzipierte Frauen und alles Arabische. Oft beneidete ich ihn um seine Neugier und Experimentierfreude, aber ich hatte akzeptiert, dass dies seine Natur war und nicht meine. Vielleicht waren wir deshalb beste Freunde. Er war mein Fenster und ich war sein Anker. Von seinen vielen Besessenheiten waren nur zwei von Dauer. Die erste waren natürlich die Frauen, die zweite das Arabische. Er war nie im Nahen Osten gewesen, trotzdem kochte er arabisches Essen, trug hin und wieder arabische Kleidung, hörte arabische Musik und las Bücher aus dem arabischen Kulturkreis. Die meisten seiner Passionen oder Phasen hatten mit Mode oder Mädchen zu tun – diese nicht.

Ich verstand nicht, was daran so interessant war, aber vermutlich ging es darum, anders zu sein und gegen den Strom zu schwimmen. Wer Mads verstehen wollte, musste eines wissen: Sein wichtigstes Prinzip war, seine Prinzipien immer wieder zu brechen. Normalerweise interessierte er sich nicht länger als ein paar Wochen für ein Thema, aber die Leidenschaft für alles Arabische hielt an.

Was auch immer seine Gründe waren, jedenfalls hatte er mir ein Buch geschenkt, das ich nie gelesen hatte. Es hieß *Mein Leben mit Saddam* und handelte von einer Griechin, die jahrzehntelang eine Affäre mit Saddam Hussein gehabt hatte. Mads fragte ständig, ob ich es schon gelesen habe, und ich merkte, dass meine Ausreden ihn ärgerten. Es bedeutete ihm viel, dass ich es las, zumindest war es ihm 250 Kronen wert gewesen, wie ich an dem Preisschild sah, das er nicht entfernt hatte. An einem sonnigen Morgen Anfang April wachte ich auf, dachte *hol's der Teufel*, nahm das Buch unter den Arm, radelte nach Vesterbro, setzte mich in einem netten Café an einen Tisch im Freien und schlug die erste Seite auf.

Als ich die zweite Seite aufschlug, wurde ich von einer Frauenstimme abgelenkt. Sie kam vom Nebentisch und die Unbekannte sprach britisches Englisch.

»Da kommt ein Müllmann in einem Wagen, der wie ein Golfcart aussieht. Ich glaube, er ist elektrisch. Jetzt steigt er aus. Er hat Reflexstreifen auf der Kleidung«, sagte sie und klang wie eine weibliche Ausgabe von David Attenborough.

Ich versuchte, mich auf Saddam Hussein zu konzentrieren, aber sie redete weiter, und ich musste ihr einfach zuhören.

»Er öffnet einen Papierkorb, zieht einen weißen Plastikeimer heraus und leert ihn in den Wagen.«

Ich warf einen kurzen Blick in ihre Richtung und stellte überrascht fest, wie alt die Sprecherin war. Der Stimme nach zu urteilen, war sie höchstens vierzig, aber sie sah aus wie siebzig. Sie saß neben einem noch älteren Mann, der in die Luft starrte. Er hatte dünnes, weißes Haar, buschige Augenbrauen und trug eine dunkle Sonnenbrille, bei der ein Glas zerbrochen war. Sie hielten mit verschränkten Fingern Händchen, und ich weiß nicht, warum, aber diese Geste rührte mich unheimlich. Ich hatte noch nie alte Menschen gesehen, die so innig Händchen hielten. Es schien mir fast unmöglich, so als wäre Händchenhalten nur bis zu einem gewissen Alter möglich. Ich klappte das Buch zu und lauschte heimlich weiter.

»Der Himmel ist so blau wie damals das Wasser auf Zypern, erinnerst du dich?«, fragte sie den Mann, der lächelnd nickte.

Ich verstand nicht, warum sie alles, was sie sah, beschrieb. Erst, als sie aufgestanden waren und sie den Mann am Arm geleitete, ging mir auf, dass er blind war. Ich blieb sitzen und versuchte weiterzulesen, aber ich musste dauernd an die beiden Alten denken. Sie hatte ihre individuelle Sicht aufgegeben und war zur Beobachterin und Erzählerin für ihren Mann geworden, damit sie die letzten Jahre ihres Lebens mit verschränkten Fingern teilen konnten.

Ich trank noch einen Kaffee und dachte bei einer Zigarette darüber nach, dann steckte ich das Buch in die Tasche, sprang aufs Fahrrad, stellte es vor Jans Fischladen ab und klingelte bei Mønsted.

»Ich bin's«, sagte ich, als Sara sich durch die Sprechanlage meldete.

Sie schwieg ein paar Sekunden, dann summte es. Wir hatten uns fast einen Monat nicht gesehen, und keiner von uns wusste, wie er den anderen begrüßen sollte. Es endete mit einer tollpatschigen Umarmung, bei der wir uns halb auf den Mund und halb auf die Wange küssten. Sie trug das Parfüm, das ich nicht mochte.

»Möchtest du einen Kaffee?«, fragte sie, obwohl sie immer predigte, wie ungesund er für mich sei.

»Ja, gerne«, sagte ich und ging mit ihr in die Küche, die wie immer blitzsauber war.

Sara fummelte mit dem Kaffee herum und gab zu viel in die Stempelkanne. Offenbar passte es ihr nicht, dass ich unangemeldet kam. Es verstieß gegen ihren Plan. Sie ein einziges Mal verunsichert zu sehen, tat so gut, dass ich sie zappeln ließ und erst einmal schwieg. Sie erzählte von der Nepalreise ihrer Eltern, die dort alle möglichen spirituellen Menschen getroffen hatten. Ich hörte nicht richtig zu, denn ich bemerkte, dass ich plötzlich nichts als Wut verspürte. Das Muttermal unter ihren Lippen war nicht mehr sexy, sondern hässlich, ich hatte keine Lust, sie zu küssen, fühlte nicht die geringste sexuelle Anziehung. Sie war bloß Muskeln, Blut, Knochen, Knorpel, Eingeweide und Kacke, zusammengehalten von einer Menschenhaut. Und ihre Geschichten … Fuck, wie ich mich langweilte. Sie kam von einer Lappalie auf die andere und hielt sich so lange damit auf, bis sie schließlich vergessen hatte, was sie eigentlich sagen wollte. Als der Kaffee endlich fertig war, setzten wir uns ins Wohnzimmer.

»Wie geht es dir?«, fragte sie, als ihr nichts mehr zur Nepaltour ihrer Eltern einfiel.

Ich stellte den Kaffee auf den Couchtisch und registrierte, wie schwer es ihr fiel, meine Tasse nicht auf einen der quadratischen Untersetzer mit Roy-Lichtenstein-Motiven zu stellen.

»Sara, was hast du vor?«

Sie wippte mit dem Fuß, was mich irritierte.

»Ich glaube, du siehst das viel zu tragisch, Schatz«, sagte sie und schob beiläufig einen Untersetzer unter die Tasse.

»Wie meinst du das?«, fragte ich.

»Ich verstehe ja, dass es ein bisschen plötzlich für dich kommt. Wahrscheinlich bist du völlig überwältigt von allen möglichen Vorstellungen von Vaterschaft. Aber Vitus, ich erwarte gar nicht, dass du dein Leben total umkrempelst. Ich hoffe nur, dass du das Kind auch lieben wirst, und das kommt meiner Meinung nach ganz von selbst. Wir nehmen es, wie es kommt, oder?«

Ich hatte mir geschworen, mich nicht aufzuregen oder aggressiv zu werden, weil das mit Sara meist böse endete, also atmete ich tief ein.

»Du lügst, Sara. Du nimmst nichts, wie es kommt. Ich begreife das einfach nicht. Schau mich an, ich bin 22 und kann mich kaum selbst versorgen, ich will jetzt kein Kind. Das weißt du genau. Und du weißt auch, dass wir auf dieser Grundlage keine heile Familie werden. Du wirst ein Kind zur Welt bringen, das von seinem Vater nicht gewollt ist. Du wirst dich allein um dieses Kind kümmern müssen, und dann willst du auch noch dein Studium beenden. Ich kenne dich. Das ist nicht das Richtige für dich.« Einen Moment lang war es still. »Vielleicht haben deine Freundinnen dir das alles eingeredet, keine Ahnung, aber versuch doch bitte mal, zwei Schritte zurückzutreten und die Sache rational zu betrachten. Willst du wirklich alleinerziehende Mutter werden?«

Sie runzelte die Stirn, rüstete sich zum Gegenangriff, aber dann geschah etwas Unerwartetes. Ihre Lippen schnürten sich zusammen, ihre Augen wurden feucht und sie brach in

Tränen aus. So hatte ich sie noch nie gesehen. Ich setzte mich neben sie und nahm sie in den Arm.

»He, ist schon okay, Sara. Sag mir einfach, was los ist, dann finden wir eine Lösung.«

Während sie an meiner Brust weinte, griff ich vorsichtig nach dem Kaffee, trank einen Schluck, stellte die Tasse neben den Untersetzer und merkte plötzlich, dass ich ziemlich hungrig war.

Sie setzte sich auf und putzte sich die Nase.

»Ich weiß, dass es kein guter Zeitpunkt zum Kinderkriegen ist, und nein, ich habe eigentlich keine Lust, alleinerziehende Mutter zu werden.«

»Aber?«

»Erinnerst du dich an die Zysten, die sie mir letztes Jahr entfernt haben?«

Ich nickte ungeduldig.

»Im Januar war ich bei einem Scan, und der zeigte, dass sich neue Zysten an den Eierstöcken bilden. Sie sagten, dass ich keine Kinder mehr bekommen könnte, wenn die Zysten Narbengewebe bilden«, sagte sie und weinte wieder.

»Warum hast du mir das nicht vorher gesagt?«, fragte ich und strich ihr beruhigend übers Haar.

»Weil ich wusste, dass du kein Kind willst«, schluchzte sie.

»Nein, aber wir hätten wenigstens offen darüber reden können. Es gibt viele andere Möglichkeiten …«

»Nein, gibt es nicht«, jammerte sie.

Ich wollte gerade sagen, dass alles gut werden würde, als mir ein schlimmer Gedanke kam. Ich zog mich von ihr zurück und stand auf. Sie sah mich mit roten Augen an.

»Sara, hast du die Pille genommen, als du schwanger wurdest?«

Sie begrub den Kopf in den Händen.

»Was zum Teufel hätte ich tun sollen, Vitus? Mit irgendeinem Fremden ins Bett steigen?«

Mein Zorn brannte so glühend heiß, er hätte die Sonne schmelzen können. Mir lagen Worte auf der Zunge, die kein anderer je von mir hören sollte, deshalb lief ich in die Küche und hieb mit der Faust auf den Tisch.

»Das ist nicht dein Ernst, Sara!«, rief ich. »Das ist verdammt noch mal nicht dein Ernst!«

Ich hatte Lust, ihre Wohnung zu verwüsten. Sie stellte sich in die Küchentür und sah mit einem Mal nicht mehr traurig aus, sondern ernst und entschlossen. *Abort mission*, war alles, was ich dachte.

»Der Arzt hat gesagt, dass meine Chance, ein Kind zu bekommen, mit jedem Jahr um 30 Prozent sinken wird. Ich hätte mich für eine künstliche Befruchtung entscheiden können, aber ich wollte lieber mit dir ein Kind haben. Versuch dich in meine Lage zu versetzen, Vitus. Willst du mich daran hindern, ein Kind zu bekommen?«

»*Du* wolltest ein Kind mit mir!«

Ich hielt es nicht mehr in einem Raum mit ihr aus, lief zurück ins Wohnzimmer und knallte die Tür hinter mir zu, öffnete sie aber gleich wieder.

»*Du* wolltest ein Kind mit mir! Und was ist mit mir, Sara? Was, wenn ich kein Kind mit dir will? Lass es abtreiben, dann kannst du dich so oft du willst künstlich befruchten lassen – aber du kannst mich nicht einfach reinlegen und dich ohne mein Wissen von mir schwängern lassen. Das ist so was von irrsinnig, dass ich es kaum glauben kann«, rief ich und zog meine Schuhe an.

»Ob du für das Kind da sein willst oder nicht, entscheidest du selbst, aber ich bestimme über meinen Körper, und ich werde dieses Kind bekommen.«

Ich brachte es nicht einmal über mich, sie ein letztes Mal anzusehen, bevor ich die Tür hinter mir zuknallte. Ich wusste, dass ich zum letzten Mal in meinem Leben diese Treppe hinabging. Auf dem Heimweg trat ich nach einer Taube, rauchte ein halbes Päckchen Kippen und kaufte ein Sixpack im 7-Eleven.

Als ich zuhause war, bekam ich einen Angstanfall. Ich dachte, mein Herz würde stillstehen. Einmal war ich mit einem solchen Anfall ins Krankenhaus eingeliefert worden, doch mit der Zeit hatte ich gelernt, damit umzugehen. Ich blieb ruhig und wartete ab. Nachdem ich eine halbe Stunde auf dem Boden gelegen hatte, ließ es nach. Ich setzte mich mit einer Zigarette und einem Bier aufs Fensterbrett und zog mein Telefon aus der Tasche. *Hej Emma. Hast du einen guten Rat, wie man seine Gedanken ein bisschen von der Wirklichkeit ablenken kann? //Vitus von der Fete*, schrieb ich und schickte die Nachricht ab, ohne groß nachzudenken. Ungefähr zehn Minuten oder drei Bier später antwortete sie.

Ja. Man trifft mich morgen 21:30 vor dem Schwarzen Diamanten. Zieh dich warm an. Ich glaube, ich weiß, was du brauchst. Kommst du?

Komme!, schrieb ich und warf die glühende Kippe hinaus in die Nacht, wie eine Notrakete von einem kenternden Schiff.

Teil 2

Vergangenheit trifft Zukunft

Das Gerüst

Ich wusste selbst nicht, was ich davon halten sollte: *Vitus hat gerade seine Freundin und sein ungeborenes Kind verlassen, und anstatt sein Leben, seine Gefühle und den ganzen Mist in den Griff zu kriegen, steht er vor der Königlichen Bibliothek und wartet auf ein fremdes Mädchen.* Oder: *Vitus hat nach Jahren des Zögerns einen Schlussstrich gezogen und einen harten, aber richtigen Entschluss gefasst, und nun befreit er sich aus dem Sumpf von Tiefkühlpizzas und TV-Serien, trifft neue Leute und lebt weiter.* Doch als Emma ihr Fahrrad vor dem Schwarzen Diamanten abstellte, kam es mir vor, als würde ich eine gute Freundin nach langer Zeit wiedersehen. Die verschiedenen Versionen der Geschichte in meinem Kopf verschwanden wie Morgentau auf einem aktiven Vulkan. Sie umarmte mich herzlich, und ich freute mich aufrichtig, sie zu sehen, obwohl mir nicht klar war, worüber ich mich freute, schließlich kannte ich sie kaum.

Ich wusste nicht, wohin es ging, aber sie hatte einen Plan und eine große Tasche auf dem Rücken. Genau das brauchte ich jetzt: jemanden, der mich ein bisschen lenkte und motivierte – solange es nicht Sara war.

Ich fand, dass ich Emma nicht bitten konnte, mich von der Wirklichkeit abzulenken, ohne ihr zu sagen, vor welcher Wirklichkeit ich flüchten wollte und warum. Deshalb war ich halbwegs darauf vorbereitet, ihr mein Herz auszuschütten. Ich war sozusagen bereit, beim Psychologen in den Sessel zu sinken. Aber anstatt mich verständnisvoll anzusehen und mir ihr Ohr zu leihen, lächelte sie nur, sagte »Komm« und hüpfte wie ein kleines Mädchen über die Straße. Ich machte es ihr nach und merkte, dass Hüpfen und Schwermut schlecht zusammenpassten. *Scheiß drauf*, dachte ich, *warum so ernst?*, und hüpfte weiter.

Nicht weit hinter dem Diamanten sprang sie über eine niedrige Mauer und ging auf ein eingerüstetes Gebäude zu. Ohne ein Wort stieg sie eine Leiter hinauf. Etage für Etage kletterte ich hinterher und spürte, wie befreiend es war, in die Höhe zu steigen. Hinter dem Gerüst verbarg sich irgendein Amt, und als ich endlich das flache Dach erreichte, saß sie schon da und räumte ihre Tasche aus. Sie trug einen dunkelblauen Rollkragenpullover und einen cremefarbenen Mantel.

Ich setzte mich neben sie und bemühte mich zu verbergen, dass ich völlig außer Puste war.

»Was sagst du dazu?«, fragte sie.

Wir hatten Aussicht über den Hafen und die erleuchteten Gebäude am anderen Ufer. Auf dem Wasser lag ein Kutter vor Anker, dessen rote Laterne in Richtung Hafen blinkte.

»Dann wollen wir mal sehen«, sagte Emma und zog eine Flasche Wein, zwei Gläser, eine Decke, zwei Schlafsäcke und ein Kartenspiel aus der Tasche.

»So viel Glück gibt's doch gar nicht«, sagte ich und meinte es vollkommen ehrlich.

Sie schenkte mir ein, ich zündete eine Zigarette für sie an, und sie deutete in den Himmel und sagte, diese Wolke sehe aus wie ein Kaninchen. Für mich sah sie eher wie eine Mischung aus Robin Hood und Justizminister Pind aus.

Wir beobachteten weiter die Wolken, ohne viel zu reden. Es war ein bisschen wie in einem Disney-Film, und doch kam es mir vor, als wäre es das erste Mal in der Geschichte der Menschheit, dass zwei nebeneinandersaßen und in die Wolken guckten. Gemeinsam still zu sein war ungewohnt, fühlte sich aber gut an. Es war nicht dieses stressige Schweigen, wenn man nicht weiß, was man sagen soll, oder das demonstrative, laute Schweigen, das Sara so gut beherrschte. Das hier war ein gutes Schweigen. Ich hätte stundenlang von Bertram, Sara, dem Kind, Mads und meinem Leben erzählen können, aber irgendwie sagte die Stille mehr. Außerdem wollte ich Emma nicht ausfragen. Natürlich war ich neugierig, aber ich hatte es nicht eilig. Die Stille war perfekt. Meine Gedanken waren einfach nur leer, ich betrachtete nur. Das Wasser, die Ruhe, die Gebäude, die Luft, meinen Atem, den Wein, die Stille und ihre Gesellschaft. Dieses Gefühl hatte ich noch nie gehabt. Meine Gedanken stoppten, und ich sah alles, wie es war. Ich war dankbar und glücklich zu leben. Dort oben auf dem Dach eröffnete sich mir eine Welt aus Düften, Materialien, Formen und Geschichten, die wesentlich essenzieller waren als die Gedanken, die mir sonst die Wirklichkeit verschleierten. Ich spürte die kühlen Kupferplatten und fragte mich, woher das Kupfer kam, ich schaute in den Himmel und fragte mich, wie die Welt aussähe, wenn er rot anstatt blau wäre. Ich lächelte Emma an und begriff, dass sie ein Mensch war. Sie war kein Produkt meiner Gedanken, sie war schlicht und einfach ein Mensch. Sie existierte unabhängig von mir und trotzdem hatte sie entschieden, mir ihre Zeit zu widmen.

Emma erzählte, dass das Gerüst schon seit dem Frühling stand und sie mindestens einmal pro Woche herkam. Sie war nie erwischt worden, und ich war der Erste, dem sie es zeigte.

»Was tust du, wenn du hier oben bist?«, fragte ich.

»Ich denke. Das ist mein Freiraum. Manchmal habe ich die Menschen satt, dann setze ich mich ein paar Stunden hier oben hin«, sagte sie, und ich hob voller Zustimmung mein Glas.

»Woran denkst du so?«, fragte ich und zündete eine Zigarette an.

»Hmm. An vieles … Eine Freundin von mir ist vor Kurzem gestorben …« Sie machte eine Pause.

»Daran denke ich ziemlich oft.«

»Das tut mir leid«, sagte ich und wusste nicht, ob ich weiter nachfragen oder es dabei belassen sollte.

»Ja, so ist das Leben manchmal. Aber man muss versuchen, das Beste draus zu machen.«

»Was meinst du damit?«

Ihr Blick war leer geworden, wie bei einem Kind, das mit offenen Augen schläft.

»Ja, was meine ich eigentlich damit?«, sagte sie leise und schien einen Augenblick nachzudenken.

»Ich meine … Als sie starb, ist mir klar geworden, dass es uns alle jederzeit treffen kann. Wir wissen nie, wie lang oder kurz unser Leben sein wird. Das Einzige, was wir tun können, ist, es zu genießen. Verstehst du?«

Wenn Sara dasselbe gesagt hätte, hätte ich das Telefon aus der Tasche gezogen und meine Nachrichten gecheckt. Im Grunde war es banal, aber aus Emmas Mund machte es Sinn.

»Man wird so leicht träge. Stellt keine Fragen mehr und lässt sich einfach mitreißen, weißt du. Und plötzlich steht man irgendwo, wo man gar nicht sein will. Aber dafür ist das Leben zu kurz. Wenn man sich nicht selbst fragt, was man will, kommen immer andere, die es besser wissen. Jetzt, in diesem Augenblick, zum Beispiel. Ich will mit dir hier sitzen und Wein trinken. Wenn es nach anderen ginge, würde ich das vielleicht nicht tun.«

»Mir sagen die Leute immer, dass es nichts hilft, zu flüchten. Dass ich mich meinen Problemen stellen sollte«, sagte ich und meinte Sara, als ich »Leute« sagte.

Emma ließ meine Probleme Probleme sein. »Eine Sekunde.« Sie lächelte und öffnete ihre Tasche. Eine Thermoskanne, mehr Wein, Kaffee und Lakritz.

»Du bist verrückt«, lachte ich.

Mit einem geheimnisvollen Lächeln ging sie mir gegenüber in den Schneidersitz.

»Okay, Vitus. Stell dir Folgendes vor: Ein Mann steht unbewaffnet in einem Kriegsgebiet. Plötzlich sieht er einen roten Laserpunkt auf seiner Brust. Was soll er tun? Flüchten oder stehen bleiben und sich der Tatsache stellen, dass ein Scharfschütze auf ihn zielt?«

Ich lachte.

»Oder die Zugvögel im Winter. Sollen sie nach Süden fliegen oder im Schnee sitzen bleiben und grübeln, ob ihr Verhältnis zur Kälte vielleicht auf ein Kindheitstrauma zurückgeht?«

Es war unmöglich, Emma in eine Schublade zu stecken. Ich konnte nicht über sie sagen »Sie ist der Typ, der …«, weil sie einfach nicht typisch war. Einerseits hatte sie das unbekümmerte Lächeln eines jungen Mädchens, das noch an das Gute in allen Dingen glaubt, andererseits konnte ihre Stimmung in Sekundenbruchteilen von hell zu dunkel wechseln, wie ein Stroboskop. Das verwirrte mich. Oft glaubte ich, ich verstünde sie und könne mir ausrechnen, was sie sagen oder tun würde, und dann tat sie das genaue Gegenteil. Oder etwas völlig Unvorhersehbares, das ihr gerade eingefallen war. Eben saßen wir noch da und spielten Casino, als sie plötzlich die Karten hinlegte und fragte:

»Wenn du in irgendetwas der Beste der Welt sein könntest, was würdest du aussuchen?«

Nach kurzem Nachdenken kam ich zu dem Schluss, dass ich der Beste in Weltsprachen sein wollte. Alle Sprachen und Dialekte beherrschen. Wir sponnen den Gedanken weiter und überlegten, wozu man all die Sprachen einsetzen könnte, als sie unvermittelt aufstand und an den äußeren Rand des Gerüsts trat, dorthin, wo kein Geländer war.

»Was machst du da?«, fragte ich.

»Ich wollte nur mal was ausprobieren«, sagte sie und trat mit kleinen Schritten dichter und dichter an die Kante.

Mein Herz hämmerte.

»Emma, dafür gibt es keinen Grund. Komm zurück.«

Sie drehte den Kopf und lächelte schelmisch, die Zehen schon über dem Abgrund. Unter uns waren mindestens acht Etagen.

»Wo denkst du hin? Komm, versuch es auch mal«, sagte sie.

Sara hätte so etwas nie getan, und allein dieser Gedanke brachte mich auf die Beine. Ich trat Schritt für Schritt näher, bis auch meine Zehen über das Gerüst hinausragten. Es war tief. Mir wurde schwindlig und ich schwankte leicht, aber Emma nahm meine Hand.

»Ganz ruhig, es passiert nichts. Es ist einfach nur faszinierend. Eine falsche Bewegung, und man stirbt. Wenn du lange in einen Abgrund blickst, blickt der Abgrund auch in dich – ist das nicht von Nietzsche?«, fragte sie ruhig.

»Ich kann meinen Nietzsche nicht ganz auswendig«, sagte ich und überlegte, ob ich ihre Hand mit dem Daumen streicheln sollte.

Ich atmete tief ein und wieder aus. Erleichtert. Der Gedanke, dass ich vom Gerüst fallen könnte, hatte tatsächlich etwas Faszinierendes. Nicht, dass ich Lust gehabt hätte, mein Leben zu beenden, aber wenn ich meine Meinung einmal ändern sollte, stünde es in meiner Macht. Wortlos standen wir da, blickten in die Tiefe und hielten einander an den Händen. Es hatte nichts Sexuelles, sondern war eher ein »Wir gegen die Welt«.

Ich stellte mir vor, meine Mutter stünde auf der freien Seite neben mir und fiele plötzlich vom Gerüst. Wie sie durch die Luft trudelte und ihr langes Haar in der Nachtluft wehte. Wie die langen Fransen ihres roten Schals als glühender Kometenschweif hinter ihr flatterten. Wie sie mit einem dumpfen Knall auf dem Beton aufschlug. Wie die glühenden Wollfäden sich lautlos um sie legten und einen Kreis aus Pfeilen bildeten, die in alle Richtungen zeigten, bis sie mit dem Blut verschmolzen, das aus ihrem Körper floss, und am Ende nur noch ein dunkler Fleck übrig war. Ich ließ Emmas Hand nicht los, hielt sie fest in meiner und ging mit ihr zurück aufs Dach.

Emma erzählte mir die Geschichte eines Onkels, der bei einer Silvesterfeier so betrunken war, dass er die ganze Nacht mit einem Bücherregal tanzte und dachte, es sei seine Frau. Meine Mutter hätte die Geschichte geliebt, auf der Stelle ein Bild daraus gemalt und es Emma geschenkt.

Es war tierisch kalt, aber das war mir vollkommen egal, ich spürte es kaum. Ich weiß nicht, warum ich Emma nichts von Sara und dem Kind erzählte, obwohl ich immer wieder daran denken musste. Einmal war ich kurz davor, da rief Emma plötzlich:

»Sanaa! Du bist Sanaa!«

Ich fragte, was sie damit meinte.

»Das ist die Hauptstadt des Jemen. Ich war als Kind mal dort. Wenn du eine Stadt wärst, dann diese!«

Ich liebte es, wie sie die Gesprächsthemen herumriss.

»Warum in aller Welt die Hauptstadt des Jemen?«

»Weil du mich an sie erinnerst. Sie ist eigen, labyrinthisch, lustig und sehr freundlich. Und sie ist anders als alles, was man so kennt.«

Ich wurde verlegen.

»Du bist Lissabon«, sagte ich, nachdem ich sie kurz gemustert hatte.

»In Lissabon machen sie leckere Toasts und spielen Fado. Lissabon ist schön«, sagte sie.

»Genau«, sagte ich, überrascht von meiner Offenheit.

Wir überlegten, welche Städte unsere Freunde waren. Ich fand, dass Mads gern New York wäre, aber doch eher Reykjavík war.

Die Zeit raste mit 500 Stundenkilometern davon, bald wurde es hell und wir hatten weder Kaffee noch Wein mehr. Nicht einmal, als wir wieder hinabstiegen und zu den Fahrrädern schlenderten, hörten wir auf zu reden. Es gab so vieles, was ich ihr unbedingt erzählen, und so viele Fragen, die ich ihr unbedingt stellen wollte. Und scheinbar ging es ihr ebenso. Schließlich rangen wir uns durch, für diesmal Tschüss zu sagen, und nahmen uns vor, bald wieder etwas zusammen zu unternehmen. Ich nahm sie fest in die Arme und sagte »Danke«, bevor sie aufs Fahrrad stieg.

Langsam fuhr ich nach Hause. Es war ein herrlicher Morgen, ich hatte ein Dauerlächeln im Gesicht und freute mich aufs nächste Mal. Nicht, weil ich scharf auf sie war – obwohl ich im Lauf des Abends durchaus ein paar Fantasien über uns beide, nackt, gehabt hatte –, sondern weil ich sie verstehen wollte. Sie war wie ein Bilderrätsel, das ich nicht lösen konnte, und ich war höllisch neugierig. Einen solchen Menschen traf man nicht jeden Tag, und alles, was nicht alltäglich war, war eine deutliche Verbesserung.

Holzschuhe und Nashörner

Mads war fast noch wütender auf Sara als ich. Wir sprachen oft über die Sache, und er betonte bei jeder Gelegenheit, wie gemein es von ihr sei, bis ich ihn schließlich bat, es nicht mehr zu erwähnen. Sie verdiente es einfach nicht, dass wir ihretwegen dasaßen und die Lippen zusammenkniffen, als hätten wir Durchfall. Jedes Mal, wenn ihr Name fiel oder auch nur in meinen Gedanken auftauchte, wurde ich noch wütender. Sie hatte von Anfang an alles geplant, hatte die Pille abgesetzt, war schwanger geworden, hatte mich überredet, eine Woche lang zu überlegen, ob ich vielleicht mitmachen würde, und mich dann ausgestochen. Mich verarscht. Meine Rache? Gleichgültigkeit.

Aber da waren noch Bertram und Tove. Zwar würden sie mich nicht mehr ausfragen, aber ich wusste, dass sie unter sich darüber sprachen. Nachdem ich es nun mal verraten hatte, war es angebracht, ihnen auch zu sagen, zu welchem Schluss ich gekommen war. Ich fuhr an einem Vormittag hinaus, als Tove auf der Arbeit war, damit sie kein Familiendrama daraus machte. Unterwegs tauschte ich mit Emma Nachrichten aus, sodass ich ganz vergaß, Bertram Bescheid zu sagen.

Die Haustür war verschlossen und er ging nicht ans Telefon. Es sah aus, als sei niemand zuhause, aber wenn ich schon aus der Stadt gekommen war, wollte ich wenigstens kurz reingehen und mir ein belegtes Brot machen. Schon auf dem Weg zum Schuppen, wo der Schlüssel hing, merkte ich, dass hier etwas nicht stimmte.

Aus der offenen Terrassentür dröhnte Musik. Psychedelic Rock – so etwas würde Tove nie auflegen, aber Bertram hatte seit acht Jahren keine Musik mehr gehört. Ich schaute vorsichtig hinein und sah Bertram auf dem Boden knien, der mit seinen alten Sammlungen übersät war.

»Was machst du da, Bertram?«

Erschrocken stand er auf.

»Hej, Vitus.«

»Hej.«

»Ich räume nur ein bisschen auf.« Er klang, als hätte ich ihn bei etwas Verbotenem ertappt.

Im Aschenbecher lagen ein paar Stummel, daneben stand eine halbleere Flasche Cognac.

»Das sehe ich«, sagte ich.

Ich setzte mich auf eine alte Bierkiste und sah mir das Chaos an: alte Türgriffe, Korken, Blechdosen, Rohrmuffen, Schrauben, Briefumschläge, Pflaster, Lochsteine, Gabeln, Türbeschläge, IKEA-Bleistifte, Porzellantassen und Schnüre aller Art. Es sah aus wie ein Luftbild nach einem Tsunami. Bertram hatte sein Leben lang die seltsamsten Dinge gesammelt.

»Geht's dir gut?« Jetzt klang er, als fühle er sich schuldig.

Was zum Teufel hatte er vor? Erst, als ich sah, welches Bild neben der Cognacflasche lag, verstand ich. Die Aufnahme hatte ich noch nie gesehen: meine Mutter und Bertram als Jugendliche am Strand, er legte den Arm um ihre Schulter. Sie trug einen engen, weißen Badeanzug und lachte, Bertram zog eine lustige Grimasse. Ich war erstaunt, wie muskulös er gewesen war. Ich glaube, das Bild war an einem Strand bei Lissabon entstanden. Am liebsten hätte ich es dicht unter die Nase gehalten, um ihr Parfüm und ihre Sonnencreme zu riechen, aber ich beherrschte mich. Ich nippte an dem Cognac und schielte auf das Päckchen Zigaretten, das auf dem Boden lag. Er zog zwei heraus und setzte sich neben mich. Während die dänische Rocklegende *Steppeulvene* aus den Lautsprechern tönte, betrachteten wir schweigend die Fotografie.

»Ich sehe sie manchmal«, brach ich das Schweigen.

Bertram nickte, und im Augenwinkel sah ich, dass seine Augen feucht waren.

»Wie ist es geschehen?«, fragte ich, und ich glaube, die Frage kam ebenso unerwartet für mich wie für ihn.

Wir hatten selten über sie geredet, und wenn, hatte er meist zornig und vorwurfsvoll reagiert. Deshalb hatte ich diese Frage nie gestellt.

Er stampfte nervös mit dem Absatz seiner Holzschuhe, als wollte er die Frage in den Boden treten. Ich erinnerte mich, wie Mutter ihm ein neues Paar gekauft hatte, weil er jahrelang in denselben ausgelatschten und viel zu kleinen Holzschuhen herumgelaufen war … es waren dieselben, mit denen er nun aufstampfte. Damals hatte er sie im Schrank versteckt und die neuen auf die Matte im Flur gestellt, aber immer, wenn er rausging, holte er die alten aus dem Schrank, auch wenn Mutter zusah. Ich legte eine Hand auf sein Knie.

»Das spielt keine Rolle«, antwortete er schließlich.

Ich hätte nicht weniger zustimmen können, aber ich fragte nicht weiter nach. Seine Antwort war keine Einladung zur Diskussion.

Ich half ihm, seine Sammlungen zu sortieren, als mir wieder einfiel, warum ich eigentlich gekommen war.

»Tja, du weißt schon selbst, was du tun musst«, war sein einziger Kommentar.

Ich hatte gehofft, er würde mich unterstützen, aber so weit lehnte er sich nicht aus dem Fenster. War vielleicht auch besser so, schließlich würde er ja Tove einweihen.

Obwohl er eigentlich zu betrunken war, fuhr er mich zur Station.

In der S-Bahn schrieb ich Emma.

Wusstest du, dass das Java-Nashorn das am stärksten bedrohte Säugetier der Welt ist? Es gibt nur noch circa 60 Tiere.

Ja, ich weiß. Machen wir bald was zusammen?

Das Weibchen ist größer als das Männchen.

?

Beim Java-Nashorn.

Lass uns diese Woche was unternehmen!

Luftboxen

»Okay, was ist mit dem Typ da drüben in der grünen Jacke?«, fragte ich und nickte in Richtung eines älteren Obdachlosen mit langem Bart, der sich auf der anderen Straßenseite an den Häusern entlangschleppte.

»Und?«

»Getauft Boris, geboren in Weißrussland, wo er in seiner Kindheit der Star der örtlichen Ballettschule war. Sein Lehrer prophezeite ihm eine große Karriere auf den besten Bühnen der Welt. Mit fünfzehn sagte ihm das schönste Mädchen der Schule, deren Bild er unter seinem Bett versteckte, dass nur Schwule Ballett tanzen. Deshalb trat er in den Schützenverein ein, und schon bald wurde er zum besten Schützen des Dorfs. Er schoss auf zwei Kilometer Entfernung eine Eichel vom Baum. Boris reiste zu Wettkämpfen in Österreich, den USA, Kasachstan, Island und Argentinien. Sein letzter Wettkampf fand in Dänemark statt, und wie immer war sein bester Freund Dimitri dabei. Er gewann Gold, und am Abend feierte er mit Dimitri im Hotelzimmer. Sie tranken Wodka, gingen in die Sauna und aßen Kaviar. Um 03:16 in der Nacht saßen sie sturzbetrunken in Dimitris Zimmer und betrachteten sein Gewehr. Boris kam aus Versehen an den Abzug und traf Dimitri, der auf der Stelle starb. Er wird nie die Uhrzeit vergessen, obwohl er längst vergessen hat, was genau damals geschah. Er war so unglücklich, dass er nicht mehr nach Hause reisen konnte. Für ihn machte es keinen Unterschied, ob er in Dänemark oder in Weißrussland weinte. Er fand eine Einzimmerwohnung in Valby und blieb hier. Mit den Jahren geriet er immer mehr in Zweifel, ob er Dimitri aus Versehen erschossen oder ihn vielleicht ermordet hatte. Vielleicht hatte er seinen Freund verdächtigt, eine Affäre mit seiner Freundin zu haben? Hatte er überhaupt eine Freundin gehabt? Die Fantasien wurden immer wirklicher für ihn, bis er nicht mehr sagen konnte, ob Dimitri je existiert hatte, ob er je Schütze gewesen war und ob er wirklich Boris hieß. Er wird noch immer von der dänischen Polizei, Interpol und seiner Familie gesucht, aber er weiß es nicht, denn er hat vergessen, wer er ist. Jetzt haust er in einem Schacht in Nordhavn und ernährt sich von Brotresten aus dem Abfall der Bäckerei Emmerys.«

Zufrieden zündete ich Emma eine Zigarette an und wartete auf ihre Reaktion. Sie schien nachzudenken.

»Das mit dem Balletttänzer gefällt mir. Aber ein Weißrusse vergisst niemals seinen Namen«, sagte sie und sah mich ernst an, bis wir uns nicht mehr beherrschen konnten und vor Lachen prusteten.

»Nein, die war gut, Vitus.«

Wir saßen in der Harbo Bar in der Blågårdsgade, tranken Kaffee und dachten uns Geschichten über zufällige Passanten aus. Es war das vierte Mal, dass wir uns sahen. Beim letzten Mal hatten wir auf dem St. Hans Torv barfuß im Gras gesessen und waren um die Seen spaziert.

»Siehst du die Frau da drüben vor der Kaffeebar?«, fragte Emma.

»Welche?«

»Die mit den Dreadlocks. Sie heißt Frederikke. Als normaler, voreingenommener Mensch sollte man meinen, dass sie links wählt, in Christiania wohnt, eine 69 auf beiden Schulterblättern tätowiert und Haare unter den Armen sowie auf den Zähnen hat. Aber das Lustige an Frederikke ist, dass sie bei ihren Eltern in einer Villa in Charlottenlund lebt, die Liberalen wählt und zur Elite der Dressur-Reiterinnen gehört. Sie hat nie Sex gehabt, würde wahrscheinlich auch nie auf die Idee kommen, und sie verabscheut Leute, die Fuck sagen. Mit vierzehn hat sie einmal eine Postkarte mit einem Rechtschreibfehler verschickt, was sie heute noch bereut.«

»Also, das ist schon ein ziemlicher Widerspruch zu ihrem Aussehen, muss ich sagen«, warf ich ein.

»Lustig, dass gerade du das sagst«, entgegnete Emma mit einem schiefen Lächeln und trommelte mit den Fingern auf den Tisch.

»Natürlich sieht sie nur so aus, weil sie gerade ein Buch über die Jugend von heute schreibt, die sich ihrer Meinung nach im Verfall befindet – obwohl sie tief im Innern auch traurig ist, dass sie nicht dazugehört. Ihr Aufzug ist nur Tarnung. 007 in geheimer Mission, verstehst du?«

Mit Emma fühlte ich mich immer, als stünde ich zum ersten Mal im Leben vor einem Topf voll Zuckerwatte.

Nach Harbo radelten wir zum Bibliotheksgarten, um etwas zu essen, aber unterwegs hatte ihr Fahrrad einen Platten. Wenn das Sara passiert wäre, hätte sie zuerst einen Nervenzusammenbruch erlitten, und dann hätte sie den Rest des Tages gejammert und nach der billigsten Fahrradwerkstatt gesucht. Ihre Welt brach immer gleich zusammen, wenn nicht alles nach Plan lief. Aber Emma war nicht Sara, sie zuckte nur mit den Schultern, schloss ihr Fahrrad ohne einen Kommentar ab, sprang auf meinen Gepäckträger und klopfte mir auf den Rücken, um zu signalisieren, dass sie zur Abfahrt bereit war. Emma konnte zwischen einem Platten und dem Palästina-Konflikt unterscheiden, und das mochte ich an ihr. Kleine Probleme löste sie entweder sofort oder ignorierte sie. Und in ihrer Gegenwart plapperte ich drauflos wie nie zuvor. Es war, als hätte sie eine Bärenfalle entschärft, die in meinem Gaumen lag und nur darauf gewartet hatte, mir die Zunge abzutrennen. In ihrer Gesellschaft waren meine Worte flink wie die Daumen wartender Fahrgäste, die mit ihren Handys in der Hand an einer Haltestelle warten. Emma und ich redeten *miteinander*. Und wenn ich mal was Dummes sagte, antwortete sie nur:

»Ja, ja. Ist schon gut, Vitus«, und lächelte mich an.

Wir stellten das Fahrrad am Højbro Plads ab, und an der Ampel bei Christiansborg wäre ich beinahe vor einen Krankenwagen im Einsatz gelaufen, den ich übersehen hatte. Emma packte mich am T-Shirt und sagte fröhlich:

»Wir wollen doch nicht, dass du jetzt überfahren wirst, wo es gerade so schön ist.«

In einer Ecke des Bibliotheksgartens legten wir uns unter einen kleinen Baum mit dreieckigen Blättern, der ein wenig Schatten spendete. Es war warm, fast wie an einem schönen Sommertag. Wir lagen wie ein großes T, und Emma bildete den Querbalken. Nach ein paar Minuten hob sie den Kopf, sah mich an und klopfte sich auf den Bauch.

»Du kannst deinen Kopf gern hier hinlegen«, sagte sie, und das tat ich.

So lagen wir eine Weile und schauten in den Himmel, während sie ihre Hand auf meinen Kopf legte. Es fühlte sich richtig an.

»Vitus?«

»Ja?«

»Es gibt da etwas, das du wissen sollst, damit wir uns nicht missverstehen.«

»Ja?«, sagte ich, und mein Gehirn arbeitete mit einem Mal auf Hochtouren.

»Wenn ich mit dir zusammen bin, und so …«

»Ja?«

»Dann ist das also nur …«

Sie atmete so tief ein, dass mein Kopf fast in die Baumkrone schnellte. Ich sah sie schon die verdammte Freundschaftskarte spielen und verfluchte mein Leben in alle Ewigkeit, aber im besten Emma-Stil blinkte sie rechts und riss das Steuer nach links.

»Dann ist das also nur, weil ich finde, dass du einen fetten Computer hast«, sagte sie und lachte so heftig, dass ich fast ein Schleudertrauma bekam.

Ich spürte ihre Brust an einem Ohr. Sie trug keinen BH, was mich keineswegs störte.

Emma streichelte mir behutsam über den Kopf und weckte mich aus meinem Halbschlaf. Es erinnerte mich an Mutter, die mir Lavendelshampoo in die Haare massierte, wenn ich in der Badewanne saß. Sie hatte die Wanne auf der Innenseite bemalt, sodass ich in einem Meer mit Seejungfrauen, Wassermännern und einem bösen Hummer badete, vor dem ich Angst hatte. Manchmal saß Bertram währenddessen auf dem geschlossenen Klodeckel. Es war unsere Art, Vater-Sohn-Zeit zu verbringen. Wir konnten schon immer gut zusammen sein, ohne zu reden. Als Bertram das Haus verkaufte, fragte ich, ob wir die Badewanne nicht ins neue Haus mitnehmen könnten, aber er erwiderte, das ginge nicht. Vermutlich erinnerte sie ihn zu sehr an Mutter, aber das begriff ich damals nicht.

»Ich finde, man sollte Freundschaft nicht immer daran messen, wie gut man miteinander reden kann«, sagte ich nachdenklich.

»Oft sagt es viel mehr über eine Freundschaft aus, wie gut man zusammen schweigen kann. Mads und ich können einen ganzen Tag zusammen verbringen, ohne ein Wort zu sagen, und trotzdem das Gefühl haben, wir hätten die Welt verändert. Mit dir bin ich auch gern still.«

Sie brummte zustimmend.

Gegen vier Uhr wurde es langsam zu kalt, und wir gingen jeder für sich nach Hause. Auf dem Heimweg kaufte ich zwei Cola und schaute bei Mads in der Studiestræde vorbei. Er las gerade irgendeinen Musikblog und hörte deshalb nicht richtig zu, zumal es bei Weitem nicht das erste Mal war, das ich ihm von Emma erzählte. Danach gingen wir in die Küche und kochten Kaffee.

»Meinst du, ich sollte ihr von dem Kind erzählen?«, fragte ich.

Er schien einen Augenblick nachzudenken.

»Langsam, Batman. Wart erst mal ab, wohin dich dein Verliebtsein führt.«

»Ich bin nicht verliebt«, sagte ich und grinste dümmlich.

»Gut, du bist nicht verliebt, aber du bist auf jeden Fall so froh wie schon lange nicht mehr, und das tut verdammt gut!«

»Warum sollte ich nicht froh sein?«, fragte ich, gab ihm High Five und bemühte mich vergeblich, gleichgültig dreinzuschauen.

Zuhause verbrachte ich die ganze Nacht damit, die Möbel in meiner Wohnung umzustellen, damit nichts mehr an Sara erinnerte. Ich drehte das Bett, rückte den Tisch ans Fenster, stellte die Stühle um, verschob das Zahnputzglas, entfernte den Teppich, ordnete Tassen und Teller, Messer und Gabeln neu und wendete den Duschvorhang. Am Ende war Sara nie in der Wohnung gewesen. Sie hatte nie in dem Bett gelegen, wie es jetzt stand, nie ein Messer in diese Schublade gelegt, nie auf dem Sofa an dieser Wand gesessen und nie die Mayonnaise aus dem unteren Fach des Kühlschranks geholt. Als ich fertig war, nahm ich mein Telefon und fand eine SMS von Emma, die *Du bist süß* schrieb. Ich legte ein Dylan-Album auf, drehte voll auf, tanzte allein durchs Wohnzimmer und boxte in die Luft. Dann streckte ich mich auf dem Boden aus, lächelte die Decke an, stellte fest, wie cool das Leben war, und schlief ein.

Sollen wir?

Der Mai war die allerbeste Zeit meines Lebens. Ich war die Fransen an Aladins fliegendem Teppich. Das Adverb *morgen*, das bis vor Kurzem noch fast so schlimm wie *Endlösung* in meinen Ohren geklungen hatte, duftete plötzlich nach blühenden Apfelsinenbäumen auf einer marokkanischen Dachterrasse mit Meeresblick, Café au Lait und einem Tomatensalat mit dem besten Feta der Stadt. Ich wachte mit einem Lächeln im Gesicht auf, weil ich hoffte, sie vielleicht zu sehen, ich schlief mit einem Lächeln ein, weil ich mich freute, sie gesehen zu haben. Ich ging mit Bertram Vögel beobachten, weil ich ihr davon erzählen wollte, und bekam keine schlechte Laune, als mein Laptop gestohlen wurde, weil sie mir beigebracht hatte, mich nicht über kleine Probleme aufzuregen. Ich las das Buch über Saddam Husseins Geliebte fertig, weil ich ihr zeigen wollte, dass ich ein Typ war, der Bücher liest, und ich achtete auf meine Ernährung, weil ich gesund aussehen wollte. Die natürliche Neugier eines Verliebten machte mich redselig, ich kam mit den merkwürdigsten Leuten ins Gespräch. Zum Beispiel lernte ich erst jetzt meinen Kioskmann am Blågårds Plads kennen. Bis dahin war er nur ein Sonderling gewesen, der hinter der Theke saß und die Perlen an seiner Kette zählte, während er türkische Fernsehserien guckte, doch nun saß ich auf einer grünen Milchkiste neben dem Mineralwasser und plauderte ausgiebig mit ihm. Rahin kam aus dem Iran, hatte einen sechzehnjährigen Sohn, Sasan, und liebte die Copenhagen Distortion, weil er dann am meisten Bier verkaufte. Außerdem war er ein verdammt feiner und kluger Kerl. Emmas Energie und Neugier waren ansteckend wie Ebola in einem Fahrstuhl.

Wir sahen uns zwei bis drei Mal in der Woche und machten jedes Mal etwas Neues. Wir hielten einen ungarischen Abend, aßen Tapas, gingen ins Kino, saßen im Café, spielten Karten, besuchten das Nationale Aquarium, liehen uns Wasserfahrräder, fuhren zum Jægersborg-Hirschpark und tranken Cocktails, verkleideten uns und spielten wie Kinder, sie schnitt mir das Haar, und wenn ich im Café arbeitete, kam sie oft vorbei und hing dort ab. Sie machte mich irrsinnig glücklich. Es war wie in diesen Filmen, nach denen man den Computer zuklappt und frustriert ins Bett geht, weil man sich wünscht, das Leben wäre genauso. Aber diese Geschichte war nicht der Fantasie eines betrunkenen Drehbuchautors entsprungen. Nein, sie spielte sich mitten in meinem Leben ab, und ich teilte die Hauptrolle mit Emma.

Ich liebte es, wenn sie sich Kosenamen für mich ausdachte. Vuttevuttevitus, Tivus, Snitus oder Kittevitus, um nur die schönsten zu nennen. Jedes Mal, wenn ihr ein neuer Name eingefallen war, tippte sie mir mit dem Zeigefinger auf die Schulter, sagte etwas wie »Hej, Sutiv« und sah mich mit einem provokanten Lächeln an, als hätte sie mir auf dem Schulhof den Flummi geklaut.

Trotz alldem war ich mir nicht sicher, ob sie mein Mehr-als-Freunde-Interesse erwiderte. Wenn sie mich an manchen Tagen »mein feiner Freund« nannte, abends als Erste auflegte oder seltsam fern wirkte, obwohl wir zusammen waren, sah es eher so aus, als steuerten wir direkt auf den Teil des Atlas zu, wo jener gutmütige Typ zu Hause war, mit dem sie über andere Männer reden konnte. So erging es mir meistens. Wenn wir nebeneinander gingen und ich anführte, legte ich immer sachte den Arm um sie, wenn wir die Richtung änderten. Aber sie reagierte nie. Auch nicht, als ich einmal einen Lachanfall bekam, mich nach vorn beugte und mit der Hand auf ihr Knie stützte. Andererseits gab es die vielen kleinen Zeichen. Wenn wir zusammen kochten und unsere Hände einander streiften. Dass sie immer genierter wurde, je besser wir uns kennenlernten. Wie rot sie wurde, als wir zusammen Kartenhäuser bauten und sie plötzlich laut furzte. Oder das kleine *Kuss*, mit dem sie ihre SMS abschloss, nachdem wir im Tivoli gewesen und beide zum ersten Mal mit dem Himmelsschiff gefahren waren. Doch das alles waren nur Details, denen ich an sich keine große Bedeutung zugeschrieben hätte – bis zu jenem Nachmittag auf Refshaleøen.

Wir entschieden abwechselnd, was wir unternehmen würden. Diesmal war sie an der Reihe, aber am Abend zuvor schrieb sie mir und fragte, was ich *auf keinen Fall* tun wollte. Zwei Sekunden nachdem ich geantwortet hatte, dass für mich alles okay sei, solange ich nicht joggen müsse, war mir klar, dass ich in die Falle getappt war. Christianshavn Torg, Emma in kurzen, hellblauen Adidas-Shorts und Kurt-Cobain-T-Shirt, ich beschwerte mich, weil wir laufen sollten, Emma hob ihr T-Shirt an, *sehe ich aus wie eine, die gern joggt*, ihr schlanker Bauch, ich sah den Bund ihres weißen Baumwollslips, wollte mehr Haut, 25 Grad, zweite Maihälfte, Bus Nr. 40 nach Refshaleøen, schön, heruntergekommen und industriell, ich joggte, war gar nicht so übel, sie lief schnell, von der Seite sah ich ihre Brüste auf und ab wippen, ein Schild an einem Zaun um einen alten Hangar, *Zugang verboten*, Emma über den Zaun wie eine Antilope, *Wer ist zuerst da?*, ich erst beim dritten Versuch rüber, wie eine pensionierte Jersey-Kuh mit Arthrose, Emma Erste, die Tür unverschlossen und wir hinein in die dunkle Halle! Bei jedem Geräusch hielten wir inne und sahen uns um, wie zwei Kinder, die heimlich nach dem Süßigkeitenversteck der Eltern suchen. Ich hatte Schmetterlinge im ganzen Körper, und je tiefer wir in die Halle vordrangen, desto dunkler wurde es. Zwar hatte mein Handy eine Taschenlampe, aber mir gefiel es so. Wir nahmen einander an der Hand (nicht wie Freunde, sondern mit verschränkten Fingern, wie das alte Paar in Vesterbro), gingen noch weiter, tiefer hinein, wir gegen die Dunkelheit, eine verstaubte Teeküche, der Geruch von Motorenöl, Spinnweben, und schließlich befanden wir uns in der Mitte einer riesigen, verlassenen Lagerhalle vor einem halbfertigen verrosteten Schiffsrumpf. Wir betrachteten ihn still, als plötzlich ein Schrei durch die Halle gellte. Vor Schreck schrien auch Emma und ich auf, ich glaube, ich lauter als sie, wir klammerten uns aneinander und plötzlich hielten wir uns in den Armen. Es war nur eine Krähe, die krächzend unter dem Dach umherflog, aber wir ließen *nicht* die Arme fallen und lachten *nicht* über uns selbst. Stattdessen sahen wir einander in die Augen, während unsere Nasen sich beinahe berührten. Sie lächelte nicht, ihr Mund war leicht geöffnet, sodass ich ihre Zähne sah und ihren Atem roch, und mein Herz brach mir beinahe die Rippen. Es dauerte nur ein paar Sekunden, bis sie sich von mir löste und fragte, ob wir wohl auf der anderen Seite hinauskommen würden. Aber ihr Blick in diesen Sekunden im Hangar … Dieser Blick weckte in mir die Hoffnung, dass vielleicht auch sie mehr wollte.

Ich erzählte Emma von Bertram, erzählte, dass ich meine Brille putzte, wenn ich nervös war, von der Zeit auf dem Gymnasium, meiner Angst vor Wasser, dem Motorradunfall mit meinem Onkel, dem Sommer in Skagen, als ich ein Stück Bernstein in der Größe einer Computermaus fand, und wie Mads und ich als Kinder zur Musik der Hanson-Brüder in der Halfpipe skateten und mit dem platten Fußball kickten. Sie erzählte, wie sie einmal den Sänger Povl Dissing getroffen hatte, erzählte vom Vermieter ihres Großvaters, Søren, der mit Leidenschaft alte Radios auseinandernahm und sie wieder zusammenschraubte, aber als ihr Großvater ihn fragte, warum er nicht Ingenieur geworden sei, antwortete: »Was sollte ich dann tun, wenn ich frei habe?«, erzählte von ihrer Zeit in London, einer Stadt, mit der sie sich nie richtig angefreundet hatte, von ihrem alten Hund Dante Viola Nielsen und ihrem Cousin, der mit einer libyschen Asylbewerberin zusammen war. Aber ich sagte kein Wort über Sara, kein Wort über das Kind in ihrem Bauch, und kein Wort über meine Mutter. Ich glaube, sie wusste, dass ich nicht ganz offen zu ihr war, genau wie ich ahnte, dass sie mir nicht alles sagte. Manchmal zog sie sich in sich zurück, gesenkte Augenbrauen, das linke Auge halb geschlossen. Wenn ich sie fragte, woran sie dachte, schüttelte sie den Kopf, als tauchte sie gerade aus dem Wasser auf, lächelte unnatürlich breit und sagte, sie habe sich bloß in Gedanken verloren. Aber man sieht einem Menschen an, ob er in Gedanken versunken ist oder etwas verschweigt. Zwar hätte ich zu gern gewusst, warum sie manchmal so traurige Augen hatte, aber vielleicht war es auch besser so. Es hatte etwas Reines, dass wir nie über unsere Sorgen und Probleme oder unsere Zukunft sprachen. Wir waren nur Vitus und Emma, Emma und Vitus, wir waren, was wir taten, wir waren, was wir sagten. Die Sache mit meiner Mutter oder dass ich gegen meinen Willen Vater werden sollte, trübte nicht ihr Bild von mir. In Emmas Augen war ich nur der Vitus, mit dem sie gerade zusammen war, und genau so ging es mir mit ihr.

Mit Sara war das Jetzt das Warte-Bier, das man nachts auf der Straße trank, während man lästerte, wie langweilig die Fete war, und darüber nachdachte, wie man zur nächsten käme. Mit Emma war das Jetzt eine Verabredung zum Kaffee, die in eine spontane Entdeckungstour durch die Stadt überging, bei der man alle anderen Verabredungen vergaß. Sogar an einem Dienstag. Wir erwähnten nie, was wir in einer Woche machen würden, und nur selten, was wir vor einer Woche getan hatten.

Deshalb war der Donnerstagabend Ende Mai, als wir in einem Café vor unseren Laptops saßen, um ein paar Dinge zu erledigen, typisch Emma und Vitus. Emma wollte ein paar Mails schreiben, ich surfte auf Facebook und beobachtete die anderen Gäste. Ich trank einen Schluck von dem Limfjordsporter, das Emma für uns geholt hatte, und bemerkte erst nach einer Weile, dass sie mich mit ihrem herausfordernden Blick und dem schelmischen Lächeln ansah.

»Also?«, fragte ich, aber sie antwortete nicht, sah mich weiter an und drehte ihren Computer zu mir.

Hej Schatz,

las ich.

ich habe gerade mit Morten und Anne gesprochen. Ihr Haus steht ab sofort und den ganzen Juni leer. Ich bin mit einer grö-

ßeren Aufgabe beschäftigt, und Pauline hat über den Monat verteilt etliche Prüfungen, deshalb können wir diesmal leider keine Familientour machen, aber wir dachten, dass Du vielleicht Lust hättest, runterzufahren? Du brauchst nichts dafür zahlen und kannst gerne ihren kleinen Fiat leihen, wenn du möchtest. Du kannst jederzeit dorthin, denk mal drüber nach. Und hast du vielleicht Lust, uns irgendwann nächste Woche zum Abendessen zu besuchen?

Kuss,
Papa

Ich kapierte nicht, was die Mail mit ihrem Blick zu tun hatte. Sah sie mich so an, weil sie ein Haus und einen Fiat zur Verfügung hatte?

»Ist das Haus schön?«, fragte ich.

Sie trank einen Schluck Bier, ohne den Blick abzuwenden.

»Das Haus steht an der Amalfiküste!«, sagte sie schließlich und grinste noch breiter.

Eine egoistische Stimme flüsterte mir ins Ohr, dass ich nicht wollte, dass Emma verreiste, wo alles gerade so schön war.

»Fett!«, sagte ich und versuchte, begeistert zu wirken.

Was dann kam, hatte ich wirklich nicht erwartet. Sie klopfte zweimal mit dem rechten Daumen auf den Tisch und fragte:

»Sollen wir?«

Ich konnte kaum glauben, dass sie es ernst meinte, doch wie zum Spaß checkten wir Flüge nach Neapel. Als wir einen mit Abflug in zwei Tagen für 1200 Kronen pro Nase fanden, ging ich an die Bar und kaufte zwei Pastis. Eine halbe Stunde überlegten wir hin und her, tranken Bier und rauchten ein paar Zigaretten, Schmetterlinge im Bauch, man lebt nur einmal, ich rief Charlotte vom Café an, es passe schlecht, aber wenn es wirklich wichtig sei … und da war es wieder, das Gefühl, aus einer Verabredung zum Kaffee würde plötzlich eine Entdeckungstour, raus mit der Kreditkarte, Kaufbestätigung, High Five, wir sehen uns am Flughafen, zu schön, um wahr zu sein, heim, plötzlich schlimme Gewissensbisse gegenüber Sara, ich rief Mads an, *fuck Sara!, aber trotzdem?, nein, vergiss sie!, ja du hast recht!* und Luftboxen im Wohnzimmer.

Von Kastrup bis Crescendo

Ich hatte mir keinerlei Hoffnungen hinsichtlich der Reise gemacht, weil ich nicht glaubte, dass wir es wirklich tun würden. Es war einfach zu schön, um wahr zu sein. Ich würde verschlafen und den Flug verpassen, Emma würde Grippe bekommen und absagen, mein Pass wäre abgelaufen oder die Tickets falsch, das Flugzeug stürzte ab oder ich würde mir beim Anstieg zum Haus ein Bein brechen, und wenn nichts von alldem eintrat, war das Haus womöglich abgebrannt.

Hotdogs in Kastrup, Check-in, Emma mit großem Rucksack, ich mit Koffer, und im Zug von Neapel nach Salerno machten wir eine Liste aller Dinge, die wir unbedingt erleben wollten (*Mitternachtsbad, Limoncello, Bergwandern, mindestens zehn Runden Casino, Ravello, mindestens ein Freund namens Luigi, Pizza mit Meeresblick, italienischer Landwein und Limonade aus selbstgepflückten Zitronen*), Bus entlang der Küste, Schmetterlinge im Bauch, Ausstieg in Maiori, Espresso am Hafen, den Berg hinaufgewandert, hübsche Beine, durch ein grünes Metalltor, 21:17, das Gepäck auf der großen Terrasse abgestellt, Emma stellte einen Fuß auf die Steinmauer, schaute ins Tal hinab und sagte:

»Na, wie findest du das? Schön, oder?«

Das Haus stand auf einem Berg, der mit Zitronenbäumen und Weinstöcken bewachsen war, dazwischen kleine Kirchen, kurvige Wege und eine Vegetation, neben der sogar der Regenwald-Zoo von Randers blass aussah. Zwischen den Bergen schimmerte tiefblau das Meer am Horizont. Nur das Zirpen der Zikaden erfüllte die Luft, dann und wann bellte ein Hund und etwas weiter unten fuhr ein Motorroller die Straße hinab. Ich fühlte mich wie in einem Wes-Anderson-Film, vor allem mit Emma. Der Augenblick war so perfekt, hätte ich einen Spaten gehabt, ich hätte auf der Stelle ein Grab ausgehoben, mich lächelnd hineingelegt und gesagt *Jetzt habe ich alles, wovon ich je geträumt habe.* Jedenfalls wenn ich nicht so gespannt gewesen wäre, was uns noch erwartete.

Das Haus hatte zwei Etagen, unten waren eine große Küche mit offenem Kamin, eine Toilette und ein Korridor mit einem runden Tisch. Die Wände waren weiß gekalkt und uneben, die hohe Decke gewölbt. Vom Korridor führte eine Steintreppe nach oben, wo es drei Zimmer gab: eins mit blauen Wänden, eins mit Steinboden und dazwischen ein kleines Zimmer voller Bücherregale und mit einem Austritt zum Balkon.

»Welches möchtest du?«, fragte Emma, was mich ziemlich ärgerte.

Sie bekam das blaue.

Sie war zum dritten Mal hier unten, aber zum ersten Mal ohne ihre Eltern. Ich legte meine Sachen sorgfältig auf einer Kiste zusammen und zwei mitgebrachte Bücher auf den Nachttisch, dann dachte ich mir etwas aus.

»Hier hängt ein Spiegel, vielleicht aus Kristallglas«, rief ich Emma durch die Bücherwand zu. »Sieht schöner aus, wenn ich ihn von der Seite betrachte, als wenn ich direkt davor stehe. Kann sein, dass er sehr teuer war.«

»Kleines Sofa, aus Bambus. Gut für zwei, wahrscheinlich brennbar«, meldete sie zurück.

»Alles aus Stein hier. Boden, Wände und Decke. Hier ist ein Mord geschehen, und der Täter hat versucht, die Spuren des Verbrechens zu entfernen!«

»Beschreibe die Spuren!«, rief sie mit tiefer Stimme.

»Zwei Stofftaschen voller Körperteile der Opfer. Dem Gewicht nach zu urteilen, handelt es sich um mindestens vier bis fünf getötete Gänse.«

»Ich sehe eine junge Frau mit braunem Haar, könnte an jeder Tankstelle arbeiten, sieht glücklich aus, wie jemand mit einem guten Reisekameraden. Sie äfft mich nach, nein, warte ... Ich glaube, da hängt auch ein Spiegel. Vielleicht aus Kristallglas. Sieht schöner aus, wenn ich ihn von der Seite betrachte, als wenn ich direkt davor stehe. Möglicherweise sehr teuer«, rief sie.

Nachdem wir ausgepackt hatten, kochten wir eine Kanne Tee und nahmen sie mit hinaus auf die Terrasse, aber wir waren so kaputt von der Reise, dass wir nur noch einen Schluck tranken und gleich ins Bett gingen.

Als wir uns am nächsten Morgen in der Küche trafen, hatten wir einen Bärenhunger, aber nichts zu essen. Wir wohnten in einem kleinen Dorf namens Paterno Sant'-Arcangelo, das aus circa 25 Häusern bestand. Der kleine Dorfladen habe fast nur Milch und Tomaten, sagte Emma, weshalb wir zum Einkaufen in den nächstgrößeren Ort, Polvica, auf der anderen Talseite gehen mussten. Auf den ersten Hundert Metern liefen uns alle Dorfkinder hinterher, jedoch in gebührendem Abstand, für den Fall, dass wir gefährlich wären und sie fangen wollten. Vorbei an einer alten Kirche, ein paar Serpentinen hinab, durch einen steilen Weinberg und über die Brücke, bis wir nach einer halben Stunde Polvica erreichten.

Wir begannen mit einem Espresso und einem Croissant in einem kleinen Straßencafé, wo wir einen Einkaufszettel schrieben.

Es war eine ziemlich andersartige Erfahrung als daheim im Netto. Das Geschäft bestand aus zwei Abteilungen. Zuerst gingen wir zur Mutter, einer rüstigen alten Dame mit gekreuzten Zehen, und kauften bei ihr Gemüse. Sie gab uns eine Quittung, die wir zu ihrer Tochter nebenan mitnehmen sollten. Bei der gab es Käse, Fleisch, Kaffee und andere Lebensmittel. Wir wussten nicht, wie die Dinge auf Italienisch hießen, und die Tochter lachte sich krank, als wir es mit Gesten und Lauten erklärten, was wir brauchten. Emma und ich beschlossen, dass wir nichts mit nach Hause nehmen durften, was wir nicht auf diese Art erklären konnten. Am besten war die Milch. Emma ging auf alle viere, sagte *Muh* und tat, als würde sie sich selbst melken. Genau in diesem Moment betrat ein alter Mann den Laden. Erschrocken drehte er sich um, lief wieder hinaus und wartete vor der Tür, bis Emma wieder aufgestanden war. Wir bekamen alles außer Cornflakes, obwohl wir einfach »Cornflakes« hätten sagen können.

Schließlich kauften wir noch Zigaretten im Tabakladen eines alten Ehepaars. Wir baten den Mann um zwei Päckchen rote Marlboro. Er schmatzte ein paar Mal, drehte sich um, legte zwei Päckchen einer anderen Marke auf die Theke und rechnete mit Stift und Papier aus, was es kostete. Das gab der Frau mit der dicken Hornbrille die Gelegenheit, die

Zigaretten unbemerkt auszutauschen. Nachdem er ein paar Mal nachgerechnet hatte, rief er zufrieden: »Nove euro e ottanta centesimi!« Seine Frau hatte es längst gewusst, denn sie hatte schon die zwei Kaugummis in der Hand, die wir als Wechselgeld für unseren Zehner bekamen.

»Bambino, niix vergesse Vino Rosso, sonst wir trocken wie Tomat in Sonne.« Emma gestikulierte wild, als wir auf dem Rückweg den Fluss überquerten.

Ich wollte nur noch mit ihr einkaufen gehen, jeden Tag, für den Rest meines Lebens.

Wir kauften ein paar Flaschen Wein bei Crescendo, dem Schreiner und Winzer des Dorfes, und gingen zurück zum Haus. Ich machte Tomatensalat, Emma legte Jazzrock auf. Mittagessen unter dem Zitronenbaum, Limonade, Lesen, Espresso, und als es Zeit fürs Abendessen wurde, pflückten wir Obst in den Terrassengärten hinter dem Haus. Wir aßen Apfelsinen, Feigen und Erdbeeren, und Emma erzählte viel über die Gegend.

Wir einigten uns, dass sie zuerst ins Bad durfte, während ich den Abwasch machte, dann wollte sie es uns draußen gemütlich machen. Als ich an der Reihe war, tat ich etwas Verbotenes. Sie hatte ihren Slip auf der Kommode liegen lassen, und ich konnte mich nicht beherrschen. Ich hängte mein Handtuch an den Türgriff, um das Schlüsselloch zu verdecken, stellte die Dusche an, hielt den Slip vor die Nase und atmete tief ein. Holy fucking Mooncow! Ich hätte ihn in den Mund stecken oder als Duftmaske über den Kopf ziehen können. Ich brauchte mindestens fünf Minuten, um ihn (widerstrebend) *genau* wie vorher auf die Kommode zu legen, und wusch mir (widerstrebend) mehrmals das Gesicht, um alle Spuren zu verwischen. Plötzlich traf mich die seltsame Melancholie des Glücks wie ein Faustschlag. Ich wusste, wie dumm es war, aber in diesem Augenblick wünschte ich, der Urlaub wäre jetzt sofort vorbei, damit mir das Ende erspart bliebe. Wie ein Fünfjähriger, der mit einer Schnur um den Wackelzahn dasitzt und darauf wartet, dass endlich jemand die Tür aufreißt.

Emma saß mit einem lustigen Hut und einer alten Pfeife im Mund auf der Terrasse, die Füße auf der Mauer, wo sie etliche Teelichte aufgereiht hatte. Neben ihr standen eine Flasche Wein, zwei Gläser und ein Stuhl für mich. Ich lachte und sagte Hej, doch sie antwortete nicht, sondern betrachtete nachdenklich das Tal und schenkte uns Wein ein.

Ich zündete mir eine Zigarette an, und sie zog an der kalten Pfeife.

»Hör mir gut zu, mein lieber Herman, ich werde es nur einmal sagen«, brummelte sie, und ich vergaß alle Melancholie.

»Als Erstes bestechen wir den Priester in Polvica. Er soll den Dorfbewohnern erzählen, dass wir gekommen sind, um sie vor der Zentralregierung zu retten. Das sollte nicht allzu teuer sein. Danach stoppst du die Medizinversorgung des Krankenhauses und sprengst ein paar Straßen, um Panik zu säen. Keiner wird merken, dass wir zwei Kirchen besetzen, dort Kontrollposten mit Scharfschützen errichten und Zoll für alle ausgehenden Rohstoffe verlangen. Dreißig Prozent im ersten Monat, dann pro Monat zehn Prozent mehr. Nenn es Schutzgeld. Unser Hauptquartier bleibt hier, damit wir überblicken können, ob einer auf dumme Gedanken kommt. Wir übernehmen still und heimlich den

Betrieb aller Minen, und bis November kontrollieren wir die gesamte Region, verstanden?« Sie deutete mit dem Pfeifenstiel ins Tal.

Emma schlug mich in ihren Bann und ich war ganz bei der Sache.

»Aber wie wehren wir uns gegen Crescendo? Wenn er herausfindet, was wir vorhaben, schleicht er sich lautlos an und ersticht uns im Schlaf mit der Heugabel.« Ich dachte, damit hätte ich ihr die Räuberpläne durchkreuzt.

»Herman, du weißt doch, dass ich ein schwaches Herz habe, bring mich nicht unnötig zum Lachen. Crescendo ist nur ein dummer Bauer. Natürlich lassen wir das Haus rundum bewachen. Ich habe Toni telegrafiert, er schickt fünfzehn Mann aus Neapel. Crescendo ... jetzt hör aber auf«, sagte sie und lachte laut.

Ich hatte Lust, ins Bad zu gehen und noch ein bisschen an dem Slip zu schnuppern.

Ehe die erste Flasche leer war, hatten wir die Übernahme von ganz Süditalien bis ins Detail geplant, als die letzten Tropfen der zweiten Flasche in mein Glas flossen, hatte Emma von ihrer Reise in den Jemen erzählt und mir Bilder gezeigt, und als die dritte Flasche um die Hälfte leichter war, beschlossen wir, ins Bett zu gehen. Ich putzte die Zähne, checkte schnell meine Facebook-Nachrichten (nichts Neues) und wollte mich gerade hinlegen, als es zweimal laut klopfte und Emma den Kopf durch den Türspalt steckte.

»Möchtest du eine schaurige Geschichte hören?«, fragte sie mit schläfriger Stimme. Sie hatte die Decke wie ein Gespensterlaken um sich gewickelt, sodass nur ihr Gesicht zu sehen war.

»Und wie ich möchte!«, sagte ich.

Sie fiel fast in mein Bett, legte sich auf die Seite, schloss die Augen und sagte, ich könne das Licht ausmachen. Die Geschichte war alles andere als schaurig, denn sie kam nicht weit. Eine Frau fuhr nachts in einem Auto, ein umgestürzter Baum blockierte die Straße, und schon lallte Emma bloß noch schlaftrunken. Ich hingegen war hellwach.

»Und dann kam ein Mann, oder was?«, fragte ich.

Sie brummte.

»Und er hatte noch nie im Leben Pizza gegessen?«

Sie brummte.

»Aber das Unheimlichste war, dass sein Vater eine Pizzeria hatte, nicht wahr?«

Keine Antwort.

»Schläfst du?«

Keine Antwort.

Ich lag noch zwanzig Minuten wach und hoffte, sie würde den Arm um mich legen.

»Schläfst du immer noch?«

Keine Antwort.

»Ich glaube, ich bin ein bisschen verliebt in dich, Emma. Ein bisschen sehr sogar«, flüsterte ich, bevor ich auch einschlief.

Stillgelegte Alarmglocken

Ich war in Italien mit Emma, die ich gerade erst kennengelernt hatte, kurz nachdem ich Sara verlassen hatte, die ein Kind von mir erwartete – und Emma wusste nichts davon. Überhaupt wussten wir wenig voneinander. Ich kannte ihre Freunde nicht, und sie nicht meine. Bis vor Kurzem hatte ich nicht einmal gewusst, wie alt sie war (23, wie ich nun erfuhr). Trotz allem kam mir die Situation vollkommen natürlich vor, als lebten wir in einer anderen Welt. Eine Welt, die irgendwie nicht galt. Wie ein Schultheaterstück, für dessen Inhalt man nicht verantwortlich war. Man sagte und tat nur, was das Skript diktierte – und es war ein gutes Skript! Zum Beispiel, als Emma den alten Fiat Panda in bester Indiana-Jones-Manier die Kurven nach Ravello hinaufzwang, wo wir Kokoseis aßen und Kniffel spielten. Oder als wir bis spät in die Nacht am Strand von Maiori saßen und Bier tranken, um dann per Anhalter mit einem Paketboten, dem ein Ohr fehlte, heimzufahren. Oder als wir am dritten Abend ein Laken auf der Terrasse aufspannten und mit einem Beamer *Gomorrha* schauten, das Mittelmeer hinter der Leinwand. Oder wenn ich auf dem Klo saß und wie wild Schauergeschichten googelte, um Emma nachts in meinem Bett zu halten, auch wenn sie am nächsten Morgen immer verschwunden war. Die Badetouren nach Amalfi, wo ich versuchte, sie in ihrem Bikini nicht zu offen anzustarren. Der Badesteg an der Mole von Minori, wo sie vor mir aus dem Wasser stieg und ich alles sah, wovon ich träumte. Der feine Flaum auf ihrer Oberlippe, ihr leicht O-beiniger Gang, ihre braunen Zehen, der Morgen, an dem sie nichts als ein langes, weißes T-Shirt trug.

Ich wusste nicht, ob Emma alles richtig machte oder ob alles richtig war, weil *sie* es tat oder sagte. Sie machte mich froh, brachte mich zum Lachen, Denken, Tagträumen, und – was am allerwichtigsten war – ich fühlte mich nützlich, ja unentbehrlich. Plötzlich sah ich die Welt in einem anderen Licht. Als wäre das Leben eine Zeitung, und ich hätte sie die ganze Zeit nur mit der Nasenspitze am Papier gelesen. Hätte zwar einzelne Buchstaben erkannt, aber nicht die Zusammenhänge. Dank Emma hielt ich die Zeitung mit ausgestreckten Armen, las ganze Artikel und verstand die Hintergründe. An einem Vormittag saßen wir in Atrani und aßen Pizza, als eine hochschwangere Frau vorbeiging. Emma sagte, wie schön sie schwangere Frauen finde, und ich stimmte ihr zu. Als ich später in einem Café auf sie wartete, dachte ich an Sara. Für einen Moment gönnte ich ihr das Kind und hatte Verständnis für ihr Lächeln, wenn sie darüber sprach. Ich sah ein, wie viel es ihr bedeutete. Meine Reaktion war gelinde gesagt nicht sehr sympathisch gewesen. Schließlich hatte sie mich geliebt, und ich sie. Wir hatten viel Gutes füreinander getan, und wenn ihr Körper diktierte, dass sie nur jetzt ein Kind bekommen konnte, musste ich das eigentlich verstehen. Auch, dass sie dafür jemanden vorzog, dessen Gene sie kannte. Sie hatte ja recht: Wenn sie mich gefragt hätte, ich hätte Nein gesagt … Ich überlegte kurz, ob ich sie anrufen und ihr sagen sollte, dass ich einverstanden sei, solange sie akzeptierte, dass es *ihr* Kind sei und nicht meins. Doch dann dachte ich daran, wie alles abgelaufen war, und ich bekam Lust, ihr stattdessen eine Gabel in den Bauch zu rammen.

Mit Emma fühlte ich mich unverwundbar und betrachtete meine Umgebung und mich selbst mit ganz neuer Gelassenheit. Mein Alarmsystem war ausgeschaltet. Nur so lässt sich erklären, warum ich so heftig reagierte, als ich am sechsten Tag in Italien entdeckte, was sich hinter Emmas Tür verbarg.

Wir kamen von einer kleinen Bergwanderung, wollten noch eine Runde Casino spielen und dann in Polvica ein gutes Restaurant suchen. Weil wir mitten in einer intensiven Diskussion über Anders Breivik waren, folgte ich ihr die Treppe hinauf. Emma hatte das Fenster offen gelassen und es zog stark, ich konnte nicht mehr verhindern, dass die Tür hinter mir zuknallte, und als ich mich umdrehte, blickte ich direkt auf das Bild, das sonst hinter der offenen Tür verborgen war. Den Bildern meiner Mutter begegnete man keineswegs selten, sie hingen in Museen und sogar in meiner Schule. Normalerweise schickte ich ihr einen liebevollen Gedanken, wenn ich eines davon sah, aber dort, in Emmas Zimmer, in einem Haus an der Amalfiküste, kippte ich aus den Socken. In einem Zimmer mit meiner Mutter und Emma zu sein, war einfach zu viel. Ich starrte das Bild an und kämpfte gegen den Angstanfall, aber er war unvermeidlich. Ich musste kotzen, ich musste raus, ich glaubte, ich würde sterben. Ich riss die Tür auf, rannte die Treppe hinab, über die Terrasse, zum Tor hinaus und weiter auf dem Schotterweg, der durch die Gärten hinter dem Haus zum Gipfel des Berges führte. Emma stand am Fenster und rief mir hinterher, circa 40 Meter vom Haus übergab ich mich, setzte mich auf den Boden und weinte. Es dauerte mehrere Minuten, bis ich wieder bei Sinnen war. Ich übergab mich noch einmal, rauchte zwei Zigaretten und überlegte, was ich Emma sagen sollte. Sie fand mich, ehe mir eine Ausrede einfiel. Emma wirkte weder erschrocken noch erstaunt, sie setzte sich einfach zu mir ins Gras und schlang die Arme um ihre Knie.

»Das ist ein Bild meiner Mutter. Sie war Malerin«, sagte ich und versuchte zu lächeln.

Emma nickte und sah mir in die Augen, ohne dieses unerträgliche Mitleid, das die meisten anderen Menschen an den Tag legten, wenn ich meine Mutter erwähnte.

»Wann ist sie gestorben?«

Ich stand auf, pflückte ein Zitronenblatt und zerrieb es zwischen den Fingern, während ich ins Tal schaute.

»Vor acht Jahren. Bei einem Verkehrsunfall. Allein«, sagte ich und atmete tief ein.

Emma schwieg mindestens eine Minute.

»Das tut mir wirklich leid, Vitus«, sagte sie befreiend laut. In ihrer Stimme klang keine Berührungsangst.

Ich nickte, stand auf und schlurfte langsam zurück zum Haus. Emma ging neben mir. Drinnen lagen die Karten schon ausgeteilt auf dem Tisch. Wir spielten ein paar stille Runden, dann spazierten wir nach Polvica und gingen essen. Zurück im Haus legte sich Emma wie jeden Abend zu mir ins Bett, aber anstelle der Schauergeschichten erzählte ich von meiner Mutter. Nicht viel, nur ein paar schöne Erinnerungen. Emma hörte mir zu, und zum ersten Mal war ich froh, dass sie den Arm nicht um mich legte. Es wäre aus dem falschen Grund gewesen. Wie immer begann sie nach etwa zehn Minuten verschlafen zu brummeln, was mir eigentlich entgegenkam, denn ich hatte wenig Lust, mehr darüber zu reden. Ich hatte ohnehin so viel verschwiegen, dass es mir vorkam, als würde ich sie anlügen

In einem Winter hatten Mutter und Bertram so heftig gestritten, dass sie ein Bügeleisen nach ihm warf. Sie war stark und impulsiv, in allem das Gegenteil von ihm. Einmal reisten wir von einem Tag auf den andren nach Island, weil sie Lust hatte, das Wasser der Blauen Lagune auf ihrer Haut zu spüren. Manchmal kam ich mittags von der Schule heim und sie hatte alle Möbel umgestellt und das ganze Haus neu gestrichen. Sie lamentierte nicht, sie handelte. Wenn etwas nicht war, wie es sein sollte, änderte sie es.

Ich schlich mich leise aus dem Bett, um Emma nicht zu wecken, ging in ihr Zimmer und richtete die Handylampe auf das Bild. Ich hatte es nie gesehen, erkannte aber deutlich ihre Farben, Pinselstriche und jenes Motiv, das ich schon oft gesehen hatte. Das Tal mit den kurvigen Wegen. Plötzlich ging mir auf, wer Morten und Anne, die Besitzer des Hauses, waren. Unten in der Küche öffnete ich eine Flasche Wein, trank einen großen Schluck und dachte nach, bis alle Zweifel verflogen waren. Wie hatte ich diesen Zusammenhang nur übersehen können? Meine Mutter war einmal im Jahr in ein dänisches Künstlerrefugium, ein Kloster namens San Cataldo an der Amalfiküste, gereist. Sie schrieb immer etwas auf die Rückseite ihrer Bilder, deshalb schlich ich wieder die Treppe hinauf, nahm das Bild von der Wand und drehte es um. Dort stand *Für Morten und Anne. Danke für die schöne Zeit in Cataldo*. Sie hatte oft von ihnen gesprochen. Ein dänisches Ehepaar, das hier unten lebte und irgendwie mit dem Kloster verbunden war. Und jetzt wohnten wir in ihrem Haus.

Ich stellte die Bambusbank auf den Balkon, zündete ein paar Kerzen an und holte zwei Gläser. Dann weckte ich Emma.

»Entschuldige, dass ich dich wecke, Emma, aber magst du vielleicht ein bisschen mit mir auf dem Balkon sitzen?«, fragte ich.

Sie nickte schlaftrunken, legte sich die Decke um die Schultern und folgte mir. Auf dem Balkon zündete sie sich eine Zigarette an und goss uns Wein ein.

Ich schaute ein paar Minuten ins Tal hinab, bis ich Mut fasste.

»Im Oktober 2006 ging es meiner Mutter richtig schlecht. Normalerweise verbrachte sie mehrere Stunden täglich im Garten, und jetzt saß sie den ganzen Tag am Küchentisch, sagte kein Wort und schaute aus dem Fenster. An besseren Tagen las sie, aber die waren so selten, dass sie nie ein Buch auslas. Manchmal war sie tagelang nicht zuhause, und dann saß Bertram am Küchentisch, sagte kein Wort und schaute aus dem Fenster. Plötzlich tat er Dinge, die er nie zuvor getan hatte: den Boden wischen, Filme ausleihen, die wir zusammen schauten, Kuchen backen. Aber meiner Mutter ging es immer schlechter. Vor ihrer Krankheit hatte sie die meiste Zeit geredet, und Bertram hatte geschwiegen, jetzt war es umgekehrt. Als gäbe es ein Minimum an Worten, die jeden Tag gesagt werden mussten, und wenn sie es nicht tat, übernahm er die Aufgabe. Am 16. Oktober sollte ich bei Mads übernachten. Wir spielten den halben Nachmittag Mariokart auf seinem Nintendo, und zum Abendessen gab es Milchreis. Mads kippte aus Versehen sein Schälchen um, sodass der ganze Mahagoniboden voll Reis war. Mads' Vater Jesper warf uns raus und ließ uns in der Kälte stehen, während er demonstrativ am Fenster stand und seinen Reis löffelte. Das war so eine Art Spiel. Wenn wir Dummheiten machten, tat er, als würde er uns hart bestrafen. Wir schrien und jammerten, aber in Wirklichkeit liebten wir es. Wenn wir ihn wegen seines Lispelns aufzogen, hielt er unsere Köpfe dicht über die Toilette und spülte ab. Seit diesem Abend hat er mich nie wieder bestraft.«

Ich rauchte eine Zigarette. Emma war wach und hörte mir zu.

»Am Tag danach fuhren wir an den Strand. Mads und ich lagen auf dem Badesteg und angelten Krabben mit einer Schnur und einer Klammer, in die wir Miesmuscheln klemmten. Sobald eine Krabbe mit den Scheren nach der Muschel griff, zogen wir sie an Land und steckten sie in einen Eimer. Wir hatten schon sieben Krabben gefangen, als Jesper, der im Auto gewartet hatte, auf den Steg kam. Ich hatte ihn noch nie so gesehen und wusste sofort, dass etwas nicht stimmte.«

Mir schnürte sich die Kehle zu. Das hatte ich noch nie jemandem erzählt.

»Jesper hatte Tränen in den Augen und sein Mund war nur ein schmaler Strich. Er winkte uns heran. Mads und ich sahen einander an, standen auf und folgten ihm an den Strand. Es war ernst, das sahen wir beide. Jesper drehte sich um, nahm mich in die Arme und drückte mich so fest an sich, dass ich spürte, dass sein Bauch ganz hart und angespannt war. Ich hatte nie gesehen, dass er Mads in die Arme nahm. Im Grunde wusste ich schon, was geschehen war, und fing auch zu weinen an. Es dauerte mehrere Minuten, bis er es aussprechen konnte.«

Emma öffnete ihre Hand und legte sie zwischen uns. Ich nahm sie und massierte sie rastlos.

»Ich erinnere mich genau an den Moment. An den Geruch von Tang, den Sand in meinen Schuhen, Jespers Ring an meinem Hinterkopf und die Worte, die er sagte: Es tut mir so leid, Vitus. Aber deine Mutter ist nicht mehr unter uns. Sie ist jetzt an einem besseren Ort. So hat er es ausgedrückt. Wir blieben eine halbe Stunde dort stehen, Mads weinte auch und wir hielten uns alle drei in den Armen. In den nächsten drei Wochen wohnten Bertram und ich bei Jesper und Mads. Bertram hat seitdem nicht mehr darüber gesprochen. Er will mir nicht sagen, wie sie es getan hat. Er will nur über Mutter reden, wie sie vor 2006 war. Ich weiß nicht, ob sie sich erhängt oder erschossen hat, ob sie Tabletten genommen hat oder was auch immer. Eigentlich will ich es auch gar nicht wissen, aber ich denke fast jede Nacht an sie und stelle mir vor, wie sie gestorben ist. Wahrscheinlich muss ich es wissen, um es vergessen zu können … Andererseits habe ich nie viel getan, um es herauszufinden. Ich glaube, ich möchte es von Bertram hören.« Ich fühlte mich so durchlässig, so klein, ich hatte Angst, ich würde durch die Ritzen des Balkons fallen und drei Meter tiefer auf die Steintreppe klatschen.

»Und ich fange an, sie zu vergessen. Manchmal weiß ich nicht mehr, wie ihre Stimme klang, wie sie sprach und was sie zu mir sagte. Oft weiß ich nicht, was ich von ihr habe und was von Bertram. Wenn ich *überhaupt* etwas von ihr habe – vielleicht bin ich auch nur so geworden, weil ich auf ihren Selbstmord reagiert habe. Vielleicht bin ich *trotz* ihr so geworden. Dann wäre ich quasi ihr Gegenteil. Ich vermisse sie, aber bald werde ich nicht mehr wissen, ob ich wirklich sie vermisse oder ob ich einfach nur nicht will, dass meine Mutter gestorben ist. Manchmal wache ich auch auf und habe vergessen, dass sie tot ist. Dann denke ich, sie lebt, und weiß nicht, wer sie ist. Das ist ein seltsames Gefühl.«

Emma hatte Tränen in den Augen, und ich war unglaublich erleichtert, dass sie zuhörte, aber nicht versuchte, mir zu sagen, was ich tun sollte und was richtig war. Ich hasste das Richtige. Es gab kein verdammtes Richtig, außer dass es richtig beschissen war und dass ich nie Antworten auf all die Fragen bekommen würde, die ich mir in den letzten acht Jahren gestellt hatte. So war es und so würde es bleiben, das musste ich endlich akzeptieren. Emmas wortlose Anerkennung meiner Lage bedeutete mir alles.

Wir blieben schweigend sitzen, bis die Sonne aufging.

Das Kamel bei der Weinprobe

Ich wachte mitten in einem merkwürdigen Traum auf. Aufgepeitschte See, Wellen, die sich in alle Richtungen überschlugen. Sie prallten aufeinander wie Mikadostäbe, Schaum spritzte nach allen Seiten. Ich schaute von oben hinab, schwebte über dem Wasser wie eine Möwe. Dann hörte ich eine Stimme, die Arabisch sprach. Ich verstand sie, obwohl ich kein Arabisch konnte. Es war die Stimme eines alten Mannes, und er sagte:

»Die Wellen klatschen gegen den Himmel. Sie klopfen im Himmel an, sie applaudieren, Wellen klatschen. Sie klatschten gestern, klatschen heute, und auch morgen werden sie gegen den Himmel klatschen. So sind die Wellen. Sie klatschen.«

Ich trank einen Schluck Wasser aus dem Glas auf dem Nachttisch und tastete nach meiner Brille, die auf dem Boden lag. Mir war körperlich unwohl, weil ich Emma von meiner Mutter erzählt hatte. Ich entblößte mich nicht gerne und befürchtete, der Rest des Urlaubs würde zum Gladiatorenkampf in Form freudscher Gespräche über mein Verhältnis zur verstorbenen Mutter.

»Guten Morgen, Dickerchen. Auf dem Herd steht Kaffee, nimm dir einen«, sagte Emma munter, ohne von ihrem Buch aufzublicken, als ich in die Küche kam.

Ich nahm mir eine Tasse und setzte mich zu ihr, aber sie legte das Buch weg und sprang auf.

»Nein, der Kaffee muss warten. Komm, du Hängearsch, wir machen zuerst Morgengymnastik!« Lachend lief sie hinaus auf die Terrasse.

Als ich hinauskam, hatte sie schon zwei Matten auf den Beton gelegt, das Thema aus *Rocky* aufgelegt und die Anlage aufgedreht. Eine Stunde lang dachten wir uns abwechselnd Übungen aus, die wir beide machen mussten. Die lustigste Figur sollte gewinnen. Bei einer Übung standen wir uns mit gebeugten Knien gegenüber, als wollten wir in den Wald scheißen, doch plötzlich hörte sie auf zu lachen und sah mir tief bekümmert in die Augen, als wollte sie ohne Worte fragen, ob es mir gut ging. Ich nickte, sie sah mich weiter an und nickte ernst. Ich ahnte Schlimmes, aber wieder hatte sie rechts geblinkt und bog nach links ab. Was sie dann sagte, bewies, dass sie mich wirklich mochte.

»Manchmal erinnerst du mich an ein Kamel bei einer Weinprobe.«

Nie hatte jemand etwas so Schönes zu mir gesagt. Nicht, dass der Vergleich besonders sexy war. Er war nicht einmal sehr lustig, sondern ernst und schön, denn was sie eigentlich damit sagte, war, dass sie niemals missbrauchen würde, was ich ihr anvertraut hatte. Die Kamelmetapher bedeutete, dass ich für sie weiterhin Vitus war und dass sie nicht vorhatte, mich mit den verdammten Samthandschuhen anzufassen, die ich oft genug gespürt hatte. Bei ihr hätte ich mich nicht um den Abwasch oder die Schulaufgaben drücken können, bloß weil meine Mutter tot war. Sie respektierte mich, sah mich, mochte mich, und wir würden nicht mehr über meine Mutter reden, außer wenn ich es wollte.

From Amalfi with love

Der letzte Abend, sturzbetrunken, Tanz auf der Terrasse, die Liste abgehakt bis auf das Mitternachtsbad, fünf Zitronen, drei Liter Wasser, einen Arsch voll Zucker, einen noch größeren Arsch voll Wodka, leere Colaflaschen, Handtücher, den Berg runter bis zu dem geheimen Pfad, Hand in Hand die schmale Treppe hinab, 23:17 Ankunft an einsamem Klippenstrand, alleine, warm, Kiesel weich wie Sitzsäcke, ein paar Boote an Land gezogen, wir haben uns hingelegt, die erste Flasche offen, Emmas Kopf auf meinem Bauch, ich streichele ihr Haar, glaube, ich bin glücklich, weiß es, glücklich!, sie streichelt meinen Arm, 23:56 Alarm, Emma steht auf, zieht das Kleid über den Kopf, schwarze Unterwäsche, öffnet den BH, lässt ihn fallen, versteckt nichts, wunderschön, wie zwei runde Mangos, Gesicht zu mir, der Slip fällt, ich wage nicht zu schauen, ziehe mich aus, nicht so elegant wie sie, Augenkontakt, ich küsse sie auf die Stirn, sie küsst mich auf die Stirn, wage nicht, sie anzufassen, wir steigen ins Wasser, still, spiegelglatt, schwimmen zu einem Felsen, komm, Vitus!, zusammen auf Stein stehen, die Hand um ihren Hinterkopf, ihre um meinen, unsere Lippen Millimeter voneinander, leicht erschrockener Blick, ihr Atem duftet, küsse sanft ihre Lippen, einmal, zweimal, dreimal, Kopf zur Seite, offene Münder, Zungen tauschen Plätze, sie lässt ihre in meinem Mund spazieren, forscht behutsam, ich wie sie, weich, schmeckt nach Zitrus, glatte Lippen, groß, feucht, feste Umarmung, Emma dreht sich um, schmiegt sich an mich, Gänsehaut auf ihren Brüsten, ihre Hand in meinem Schritt, meine Hand in ihrem, Mutter, jetzt bin ich glücklich! From Amalfi with love!

Teil 3

Freifallturm

Die ersten Male

Im ersten Monat nach der Italienreise wurde mir mehr und mehr bewusst, dass ich Emma von dem Kind erzählen musste. Alles deutete darauf hin, dass sie es früher oder später selbst herausfinden würde. Zum Beispiel war es nur ein glücklicher Zufall, dass Emma gerade gegangen war, als ich Saras nervtötende, Psychotherapie studierende Freundin Signe traf, die mich sofort mit Psycho-Fragen löcherte. Wahrscheinlich glaubte sie ernsthaft, dass ich nach ihrem lächerlichen Verhör (Hat der Tod deiner Mutter deine Beziehungen verändert? Hast du Angst zu lieben oder geliebt zu werden? Wie gehst du mit Verlusten um?) zusammenbrechen, zu Sara rennen und meine Fehler eingestehen würde. Doch sie sprach einen ganz anderen Teil meines Gehirns an, und mir gelang es gerade so, mich davon abzuhalten, ihr einen Tritt zu versetzen, nach dem sie Linsensuppe aus den Zwischenräumen ihrer Rippen hätte essen können. Nur zehn Minuten früher hätte ich ein ernsthaftes Erklärungsproblem gehabt. Jederzeit konnten wir Sara auf der Straße treffen oder Emma konnte die Geschichte von einer Freundin hören, die einen kannte, der einen kannte. Zum Glück hatten Emma und Sara keine gemeinsamen Freunde auf Facebook, doch dieser Umstand machte Kopenhagen auch nicht größer. Und immer, wenn ich die Geschichte wieder *nicht* erzählte, wurde sie zu einer noch größeren Lüge.

Abgesehen davon hatte ich Emma in alle Dinge eingeweiht, die ich sonst niemandem verriet. Einmal zeigte ich ihr sogar die »Mutterkiste«, eine kleine Holzkiste, in der ich Erinnerungen an meine Mutter aufbewahrte. Sie durfte die Brosche sehen, die Mutter immer getragen hatte, und an dem roten Schal riechen, der in einer versiegelten Tüte lag, damit er Mutters Duft nicht verlor. Ich zeigte ihr alle 57 Fotos und erklärte meine zwei Lieblingsbilder. Ein Familienbild aus unserem Lieblingscafé in Lissabon. Wir nannten es den »Apfelsinenhain«, weil es in einer steilen Straße unterhalb der Kathedrale lag, die auf einer Seite von Apfelsinenbäumen gesäumt war. Ihre Blüten verströmten einen kräftigen Duft. Lissabon war Mutters Lieblingsstadt, wir reisten jedes Jahr dorthin. Sie sagte immer, sie habe zwei Musen: Lissabon und mich. Das Bild war im Sommer 2004 aufgenommen, als ich elf Jahre alt war. Mutter trug ein Paar lachsfarbene Baumwollshorts und ein weißes T-Shirt. Ihre Beine waren braun, sie las ein Buch über chinesische Vasenmalerei und trug zwei Lesebrillen, eine auf der Nase und eine über die Stirn geschoben. Zuhause hatte sie ein ganzes Regal voll Lesebrillen, weil sie ständig eine suchte, obwohl meistens ein Paar in ihrem Haar steckte. Auf dem Bild beugte ich mich über ein Modellauto, das ich von Bertram bekommen hatte. Ich hatte immer mein Schraubenzieher-Set dabei, und wenn ich etwas in die Hände bekam, das man auseinanderschrauben konnte, tat ich es. Ich liebte es. Bertram war der Einzige, der in die Kamera sah. Er hatte den Kellner gebeten, das Bild zu machen. Er trug die Cowboy-Shorts, die ich so peinlich fand, und zu allem Überdruss hatte er einen zusammengerollten Stadtplan in den Bund gesteckt, der über seinen Bauch ragte. Das tat er vor allem, um mich zu ärgern. Den ganzen Tag lief er mit der Karte in der Hose herum, und Mutter fand es genauso lustig wie er. Es war mein Lieblingsbild, weil Mutter sich darauf selbst beschäftigte, während Bertram und ich andere Dinge taten. Das war, bevor diese ständige Aufmerksamkeit um meine Mutter entstand. Vor den Abendessen, bei denen wir nur miteinander sprachen, um die Illusion aufrechtzuerhalten, dass alles in Ordnung sei. Vor der Zeit, in der kein Raum mehr für Stille war. Damals im Apfelsinenhain sorgten wir uns nicht um Mutter und hatten auch keinen Grund dazu. Wir waren einfach nur eine normale Familie. Auch das Lieblingsbild Nummer zwei zeigte ich Emma. Darauf saß ich im Küchenerker vor einem Brot mit Leberpastete und Gurke und einem Glas Milch. Ich war ungefähr acht und konnte oft nicht einschlafen. Dann machte Mutter mir warme Milch, und ich sah ihr beim Abwasch zu, während ich aß und trank. Mutter hatte das Bild aufgenommen, deshalb mochte ich es so. In Wirklichkeit war es ein Bild von ihr, die mich betrachtete. Von ihr, die mich liebte. Wenn ich es dicht vor die Augen hielt, konnte ich mir vorstellen, dass ich zusammen mit ihr hinter der Kamera stand. Ich konnte sie beinahe atmen hören. Nie hatte ich irgendwem von alldem erzählt, aber Emma besaß eine Eintrittskarte in mein Leben.

Es gab eine einzige, zugegeben schwammige Rechtfertigung dafür, dass ich Emma nichts von dem Kind erzählte, nämlich, dass es mit uns beiden nicht ganz so lief, wie ich es nach dem Italien-Urlaub gehofft hatte. Dort war es mir so vorgekommen, als seien wir ein Paar, obwohl wir erst am letzten Abend miteinander geschlafen hatten. Von da an würden wir keinen Schritt mehr zurückgehen, hatte ich gedacht, doch es kam anders. Emma und ich hatten nicht mehrmals pro Woche Sex, wir gingen nicht Hand in Hand durch die Straßen, wir genierten uns voreinander, wir küssten uns nur, wenn wir betrunken (und allein) waren, wir mussten weiterhin Spiele erfinden, um in einem Bett zu schlafen, ich überlegte weiterhin, was ich nach dem Aufstehen anziehen sollte, und wenn Mads fragte, wie es zwischen mir und Emma lief, antwortete ich noch immer: »Ich weiß nicht recht.« Und Emma wich ständig aus. Wenn sie ihren abwesenden Blick aufsetzte und ich fragte, woran sie denke, wusste ich, dass ich noch keine Eintrittskarte besaß. Keiner von uns sagte dem anderen, was er für ihn fühlte. Das soll nicht heißen, dass wir unsere Beziehung abwickelten oder dass es keine gute Zeit war. Es war super, wir amüsierten uns, machten Unsinn, berührten einander »zufällig«, forderten einander heraus, ich dachte an nichts anderes als sie, wollte mehr, nie ging uns der Gesprächsstoff aus, und ich war von morgens bis abends auf Wolke siebzehn. Aber das Ganze war irgendwie statisch, und ich verlor langsam die Hoffnung, dass mehr daraus werden konnte. So konnte ich mir einreden, dass es keinen Grund gab, eine verrückte Sommerliebe kaputtzumachen, indem ich von dem Kind erzählte. Es würde ja sowieso bei einem Flirt bleiben. Kein starkes Argument, ich weiß, aber eine gute Ausrede, um mein Bekenntnis eine Weile hinauszuschieben.

Bis zu jenem Samstag im Juli.

Es begann damit, dass Emma zu der Vernissage eines früheren Klassenkameraden in Kødbyen wollte. Er hatte die Schule abgebrochen, um Künstler zu werden. Ich hatte zwar nicht viel übrig für solche Events, aber umso mehr für Emma, weshalb der Anlass im Grunde Nebensache war. Schon vor der Galerie war mir klar, dass es die Art von Versammlung war, bei der es mir hochkam. Voller Leute mit merkwürdigen Frisuren in ausgeflippten Klamotten, jeder kannte jeden, und dich sahen sie an, als wärst du gekommen, um auf der Damentoilette zu spannen. Wir schlenderten umher und betrachteten die Kunstwerke, ich erleichterte das Buffet um ein paar Flaschen Bier. Weil es Emmas Schulfreund war und ich nicht wusste, wie sie zu dieser Art Kunst stand, blieb ich still und passiv. Emma ebenso. An einer Wand hingen vier schwarze Bilder mit jeweils einem weißen Punkt von der Größe eines Fünfers. Sie unterschieden sich allein darin, wo sich dieser weiße Punkt befand. In der Mitte des Raums stand ein leerer Einkaufswagen, in dem zwei abgerissene Puppenköpfe lagen.

»Hmm«, sagte Emma.

Am anderen Ende der Galerie stand ein Fernseher, auf dem ein Video lief. Es zeigte eine Frau von hinten. Sie stand in schmutzigen weißen Höschen auf einem Acker, streckte die Arme seitlich aus und bewegte sich langsam hin und her. Ich wartete umsonst darauf, dass irgendwas passierte. Das Werk hieß *Geschlecht*, und ich dachte einmal mehr, dass ich wirklich keine Ahnung von Kunst hatte.

Alle standen draußen und tranken Bier, bis auf einen Typen und eine Frau, die zusammen durch die Galerie gingen. Er trug eine blaue Dreiviertelhose aus Samt, und sie betrachtete ihn mit derselben Bewunderung, mit der er die Bilder betrachtete. Er stand vor den schwarzen Bildern mit den weißen Punkten und bewegte sich hin und her, und mit jeder neuen Perspektive veränderte sich sein Gesichtsausdruck – besorgt, erleichtert, amüsiert, wütend.

»Äußerst interessant, wie der Künstler den Gegensatz der Elemente zu einem Krieg um das menschliche Auge vereint«, sagte er, ohne den Blick von den Bildern abzuwenden.

Die Frau nickte, scheinbar tief beeindruckt.

»Ein intensives Werk voller Sehnsucht und Schmerz«, sagte er.

Um es kurz zu machen: Ich holte schon Luft, um mich für diesen Abend von Emma zu verabschieden, als sie plötzlich meine Hand nahm, als wäre es das Natürlichste der Welt. Mit einem Mal fand ich die Ausstellung, die Twin-Peaks-Typen davor und sogar den Kerl in den Dreiviertelhosen viel interessanter.

Es war das erste Mal, dass wir vor anderen Hand in Hand gingen.

Nach einem weiteren Bier beschlossen wir, ziellos in die Nacht zu spazieren, noch immer Hand in Hand.

»Vielleicht hätte er doch lieber die Schule beenden sollen«, sagte Emma, als wir in die Istedgade kamen.

»Wäre wohl besser gewesen«, antwortete ich, und wir lachten.

Wir hatten gerade den Vesterbro Torv erreicht, als neben uns ein alter Volvo-Bus anhielt, aus dem laute Musik dröhnte. Ein junger Typ schwang sich aus der Vordertür und lud uns spontan zu einer Party auf Refshaleøen ein. Der Anlass? Das Leben und die Nacht genießen! Wir sahen einander an, rein in den Bus, SKÅÅÅL, frohe Menschen, Disco, Rauch, Zigaretten, tanzte mit Emma im Mittelgang, sprach mit dem DJ Mikkel Ulriksen, Schnurrbart, richtig nett, ausgelassene Stimmung, keiner kannte den anderen,

Inner Citys *Good Life* auf dem Plattenteller, ich legte die Hände um Emmas Kopf und küsste sie ausgiebig.

Es war das erste Mal, dass wir uns vor anderen Leuten küssten.

An der Kreuzung am Christianshavn Torv erblickte ich plötzlich Sara. Sie wartete an der Fußgängerampel, und wir sahen uns direkt in die Augen. Ich war wie gelähmt und hörte nicht mehr, was Emma sagte. Saras Bauch wölbte sich deutlich unter ihrem roten Pullover. In ihrem Blick lag weder Zorn noch Vorwurf, weder Sehnsucht noch Erstaunen, nur ein seltsames Verlassensein. Erst als die Ampel auf Grün sprang, sah ich, dass sie in Begleitung eines Typen war. Er war durchtrainiert und trug einen langen, dunklen Vollbart und ein verschlissenes schwarzes T-Shirt. Der lange unterdrückte Krieger in mir hatte Lust, aus dem Bus zu steigen, ihm die Faust ins Gesicht zu schlagen, den Bart abzureißen und vielleicht auf sein T-Shirt zu pissen. Ich wollte, dass sie mit ihren Roy-Lichtenstein-Untersetzern allein zuhause saß und alte Nachrichten von mir las, dass sie heulte und ihre Entscheidung bereute. Dass die größte Freude in ihrem Leben der befreiende Morgenschiss nach dem Frühstückskaffee war. Wir sahen einander hinterher, als der Bus anfuhr. Obwohl ich stinksauer war, dass sie mit diesem Typen dort stand, war ich gleichzeitig schadenfroh, dass sie mich in einem Partybus mit neuen Freunden und einer hübschen Frau gesehen hatte. Fuck her!

Wir hielten an einem verlassenen Parkplatz am Rand einer eingezäunten Grünfläche. Mikkel stellte die Musik ab, und August, der uns eingeladen hatte, ergriff das Mikrofon:

»So, Freunde, wir sind am Ende des Weges. Nehmt ein

paar Bier unter den Arm und folgt einfach der Musik. Wir fahren noch mal in die Stadt ein paar Leute einsammeln. Wir sehen uns unter den Sternen!«

Wir zwängten uns durch ein Gebüsch, ehe wir den Festplatz erreichten, der zwischen etwa zwei Meter hohen grünen Hügeln lag. Dort standen ein paar Pavillons, und es waren vielleicht 60 Leute da. In einem Pavillon stand eine Anlage, und die meisten tanzten. In den Büschen hingen bunte Lichterketten, und in einer Ecke standen alte, zerschlissene Sofas, umgeben von Fackeln.

Wir kamen uns vor wie an einem Filmset oder in einer anderen Wirklichkeit. Da waren eine Feuerstelle, eine Bar mit Lambrusco, Lakritzpfeifen und Bier, ein Luftballon-Stand und ein dreirädriges Moped mit Pritsche, an dem Crêpes verkauft wurden.

»Guter Abend?«, fragte Emma.

»Perfekter Abend!«

Wir kauften eine Flasche Lambrusco, setzten uns ins Gras und kamen mit einem Typen namens Fernando ins Gespräch, der die Party mit organisiert hatte.

»Das wollen wir diesen Sommer jedes Wochenende durchziehen. Wir nennen es Sonntagsfreunde. Wir beginnen abends um zehn und feiern 24 Stunden durch. Es wird verschiedene Events geben. Morgen früh um acht haben wir eine Badetour mit zehn Schlauchbooten geplant«, erzählte er.

Wir plauderten weiter, und irgendwann fragte er ganz natürlich, ob wir ein Paar seien.

Es war das erste Mal, dass jemand danach fragte.

Ich dachte, Emma würde antworten, und sie dachte offenbar dasselbe von mir, denn keiner von uns sagte ein Wort. Wir sahen einander an und kicherten.

»Alles klar«, sagte Fernando und wechselte schnell das Thema, um uns nicht zu foltern.

»Kennt ihr Vibes Ballons?«

Wir kannten sie nicht, deshalb stand er auf und kam kurz darauf mit zwei roten Ballons in der Hand zurück. Sie waren mit Lachgas gefüllt, und man sollte eine ganze Füllung einatmen und ein paar Sekunden in der Lunge halten, erklärte er. Wir schafften ungefähr sieben Sekunden. Ich wollte gerade sagen, dass ich nichts spürte, da geschah es. Es war, als würde alles um mich herum plötzlich einfrieren, ich war nicht mehr Herr über meinen Körper. Fest hielten wir uns an den Händen. Mir war schwindlig, aber mein Körper war mit allem in Harmonie: mit der Party, mit Emma, mit dem Ballon und Fernando und Mikkel Ulriksen und dem Gras, auf dem wir saßen.

Fernando schlenderte weiter. Ich fühlte mich zuhause. Ich war aufgeschlossen, hatte getanzt, und wir hatten schon Freunde gefunden. Zusammen. Mit Sara hatte ich nie gemeinsame Freunde gehabt. Sie hatte meine kennengelernt und ich ihre, aber hinterher hatte ich keine einzige neue Nummer abgespeichert. Wir saßen dicht nebeneinander, und ohne groß zu überlegen, führte ich den Mund an Emmas Ohr, flüsterte, dass ich sie wirklich gern habe, und küsste sie auf die Wange.

»Ich hab dich auch wirklich gern, Vitus!«

Es war das erste Mal, dass sie es sagte und mich danach küsste.

Der DJ legte *I Feel Love* von Donna Summer auf, ich stand auf und zog Emma vom Sofa hoch. Wir tanzten wie zwei Bekloppte, wie es aussah, war völlig egal. Emma winkelte die Ellbogen an und bewegte sie auf und ab, als wäre sie ein Huhn, ich simulierte ein Flugzeug und umkreiste die Tanzenden. Keiner sah uns schräg an, im Gegenteil, die Leute liebten es. Ich kaufte noch zwei Ballons, wir inhalierten, und als die Wirkung eintrat, küssten wir uns. Emma biss mich sanft in die Unterlippe, und ich streichelte ihre Wange. Ihre Haut war weich wie Kaschmir, und ich hatte große Lust, ihr zu sagen, dass ich sie liebe.

Nach ein paar Stücken entspannten wir uns auf einem Sofa, starrten ins Lagerfeuer und philosophierten. Das Holz war wie das Skelett der Flammen. Wir stellten uns vor, wie Maulwürfe auf Friedhöfen Menschenknochen sammelten, um damit im Winter kleine, unterirdische Feuer zu entfachen.

»Dieses Lied …«, sagte Emma plötzlich leise und ernst.

»Ja?«

»Cat Stevens, *Wild World*«, sagte sie und atmete tief ein. Ich sah, dass ihre Augen feucht wurden.

»He, bist du okay?«

»Das war Sofias Lieblingslied.« Sie zündete sich eine Zigarette an und starrte weiter ins Feuer.

Ich rückte näher und legte den Arm um sie.

»Wer ist Sofia?«, fragte ich leise.

»Die Freundin, die gestorben ist. Ich verstehe es nicht. Warum ausgerechnet sie? Warum?« Emma wand sich aus meiner Umarmung.

»Woran ist sie gestorben?«, fragte ich und befürchtete, dass ich zu weit ging.

Es war das erste Mal, dass Emma offen vor mir weinte.

Ich nahm ihre Hand und wir zogen auf einen der Grashügel um. Sie wischte die Tränen mit dem Ärmel ab und holte tief Luft.

»Sie hatte einen Hirntumor, gegen den die Ärzte machtlos waren. Am Anfang wussten sie nicht, ob er gut- oder bösartig war, doch dann wurde er aggressiv und entwickelte sich schnell. Er saß an einer Stelle, wo sie nicht operieren konnten, und eine Chemotherapie hätte ihr höchstens drei bis vier Wochen länger gegeben, deshalb entschied sie sich dagegen.«

Ich nickte nur und hörte ihr zu.

»Und irgendwann ist sie einfach tot umgefallen.«

Emma sank in meine Arme, und ich hielt ihren Kopf an meiner Brust, während sie laut weinte.

Ich wusste nicht, was ich sagen sollte. Am liebsten hätte ich den Schmerz aus ihr herausgezogen und ihn erstickt, ohne dass sie es bemerkte. Ich ertrug nicht, dass ihr etwas wehtat.

»Wart ihr eng befreundet?«

»Sie war meine beste Freundin. Jedes Mal, wenn etwas Tolles oder Beschissenes in meinem Leben geschieht, will ich das Telefon nehmen und sie anrufen, und dann mache ich alles noch einmal durch. Wir standen uns so nah, dass wir oft kaum voneinander zu unterscheiden waren. Wenn es ihr gut ging, ging es mir auch gut, und umgekehrt.«

Sie beendete das Thema genauso unvermittelt, wie sie es begonnen hatte. Das kannte ich nur zu gut von mir selbst, deshalb überließ ich ihr die Führung. Sie hatte nicht viel erzählt, aber wenigstens hatte sie angedeutet, dass ich vielleicht auch eine Eintrittskarte bekommen würde. Irgendwann.

Wir blieben eine Weile auf dem Hügel sitzen, schauten auf die alten Werften am Horizont, tranken Bier und hörten der Musik zu. Inzwischen waren zwei Busladungen mehr angekommen. Ich tastete ihre Hand mit den Fingerspitzen ab. Fühlte Sehnen, Glieder, Fingernägel. Ihre Hand war weich und klein. Am Ende umfasste ich sie und führte Emma wieder zum Festplatz, wo wir zwei weitere Ballons kauften und tanzten. Mikkel und August waren zurück und tanzten mit. Ich flog weiter auf die anderen zu und wich im letzten Moment aus, Mikkel führte eine Art Pferdetanz auf und August bewegte sich wie ein alter Hippie auf einem Savage-Rose-Konzert. Emma tanzte alle möglichen Figuren.

Es wurde vier Uhr und wir waren sturzbetrunken. Ich nahm Emma mit auf die Jagd im Gebüsch, wo wir eine Europalette und ein paar Äste fanden. Bevor wir zurückgingen, küsste ich sie und legte die Hände fest auf ihre Brüste. Das Glück belohnt die Geduldigen, dachte ich und trug unsere Beute zum Feuer. Wir warfen sie hinein und legten uns auf eines der Sofas.

Das Feuer wärmte mein Gesicht, wir lagen eng umschlungen. Fernando saß auf der anderen Seite des Feuers. Er lächelte und reckte den Daumen hoch. Ich lächelte zurück und zwinkerte ihm zu.

An diesem Abend wurde mir klar, dass Emma mehr als ein Sommerflirt war. Entweder musste ich alles beenden oder ihr die Wahrheit sagen. Freifallturm.

Körperseelenchaos

Ich ging mit einem alten Freund, Jakob, Kaffee trinken. Er schrieb gerade einen Roman und las mir eine Szene daraus vor, in der sein Protagonist MDMA nahm. Ich hatte nie Drogen genommen, aber Jakobs Schilderung machte mich neugierig und ich bekam Lust, es zusammen mit Emma auszuprobieren. Ich erzählte Jakob von den Ballons mit Lachgas, und er sagte, MDMA habe eine ähnliche Wirkung, nur intensiver und länger. Man dürfe bloß keine Angst bekommen, wenn die Wirkung eintrat, müsse genug Wasser trinken und es am besten mit jemandem ausprobieren, in dessen Gesellschaft man sich sicher fühle. Besonders beim ersten Mal. Wie zum Spaß fragte ich, ob er welches habe. Falls. Habe er nicht, aber er könne es jederzeit beschaffen. Falls. Zwei Tage später war es so weit. Wir kauften zwei Gramm.

Wir saßen bei mir zuhause auf dem Küchenboden, mit Kerzen, Kissen, ein paar Bier und den zwei kleinen Tütchen. Emma hatte einmal einen kleinen Krümel probiert, aber nichts gespürt. Ich war nervös, aber die Neugier war stärker. Wir öffneten das erste Tütchen, leerten die Hälfte der kleinen, braunen Kristalle auf ein Stück Papier und teilten sie in zwei Portionen. Dann packten wir sie in eine dünne Lage Klopapier und schluckten sie, wie Jakob erklärt hatte. Ebenso hätten wir sie im Mund auflösen können, aber laut Jakob war die Wirkung besser, wenn man so begann.

Die Anlage stand auf dem Boden, wir legten abwechselnd Musik auf, tranken Bier und malten uns unsere Traumgärten aus. Emmas lag an einem Hang im Jægersborg-Park und hatte einen riesigen Kräutergarten, meiner auf einem Landgut irgendwo in Lateinamerika, von bunten Lichterketten umgeben, in der Ecke eine Bühne, auf der spanische Musik gespielt wurde. Eine halbe Stunde verging, und wir fragten einander ständig, ob wir etwas spürten.

»Ich glaube, jetzt kribbelt es ein bisschen im Bauch«, sagte Emma.

Vielleicht auch bei mir, aber ich war mir nicht sicher.

»Vielleicht wirken solche Drogen nur auf Leute, die fest daran glauben. So eine Art Placebo-Effekt«, sagte ich.

»Schon möglich. Aber das wird uns nicht den Spaß verderben«, sagte sie und mischte die Karten für eine Runde Casino.

Als ich aufstand, um pinkeln zu gehen, spürte ich den Boden nicht, ich schwebte, mein Blut fühlte sich warm an und es summte in meinen Muskeln. Ich fühlte mich angenehm abgeklärt. Ich hatte gerade abgespült, als die Wirkung einschlug. Es war verrückt, Vibes Ballons mal zehntausend. Als säße ich in einer Mikrowelle, die alle Moleküle meines Körpers auf 23 Millionen Umdrehungen pro Sekunde beschleunigte. Die Farben, das Licht, die Geräusche, mein Körper, die Fliesen, der Geschmack meines Speichels, alles war so knallig, dass ich nicht aufstehen konnte, sondern mich auf den Boden setzte und etliche Kubikmeter Luft einsog. Mein Gehirn brauchte Sauerstoff, um alles zu verarbeiten, was auf mich einstürmte. Es war, als sähe und fühlte ich die Welt zum ersten Mal. Die Zahnbürste war so rot – alles, was ich früher gesehen hatte, war nur ein blasser Versuch, dieses Ur-Rot nachzuahmen. Es war so kräftig, dass ich fast erblindete. Und erst die Fugen zwischen den Fliesen! Monumental, präzise, zweckdienlich. Es waren Zivilisationen! Es war das glücklichste Gefühl, das ich je verspürt hatte. Nicht intellektuell, sondern physisch. Wie ein Orgasmus am ganzen Körper. Vergebung. Versöhnung. Ich wurde eins mit meiner Umgebung. Wir waren Teil desselben Universums, ich, die Fugen, die Zahnbürste, die Fliesen, das Licht, die Farben, die Geräusche. Ich robbte zum Waschbecken, streckte die Hände aus und fühlte das glatte Porzellan. So weich, so hart, vielseitig, ergreifend. Ich spürte, wie die Poren meiner Haut sich öffneten, und Schweiß lief wie kleine Springbrunnen. Meine Haut war gut zu mir. Ich führte die Hand an die Wange und betastete mein Gesicht. Es fühlte sich anders an, vollkommen unverbunden, und ich untersuchte es wie ein Objekt. Ich studierte jeden Bartstoppel, jede Krümmung, meine Augenbrauen. Ein paar Mal wurde mir angst und bange, doch dann erinnerte ich mich an Jakobs Rat. Genieße es. Es war überwältigend. Plötzlich fiel mir ein, dass ich Emma ganz vergessen hatte. Ich vermisste sie. Ich vermisste sie so sehr, dass mir Tränen in die Augen stiegen. Ich hörte meinen Mund »Wow« sagen. Die Wände kamen auf mich zu und ich hatte Angst, das Haus würde einstürzen, aber ich atmete tief ein und beherzigte erneut Jakobs Rat. Alles war wieder okay. Mehr als okay. Alles war so verdammt schön, dass ich mich beherrschen musste, mich auf dem unendlich weiten Weg in die Küche nicht der ganzen Schönheit hinzugeben, die nach mir rief. Die Weiblichkeit der Steckdosen, die Farben der Wände, die lebendige Struktur der Bodendielen. Emma lag mit ausgestreckten Armen und Beinen auf dem Boden und lächelte die Decke an. Sie hatte Nils Frahm aufgelegt.

»Das ist irre. Spürst du es auch?«, fragte ich, ohne den Mund zu öffnen. Ich konnte nur über die Lippen sprechen, meine Zähne waren so fest zusammengebissen, dass sie fast im Zahnfleisch verschwanden, was mir jedoch nichts ausmachte.

»Ja, verrückt. Komm!«

Ich legte mich neben sie auf den Rücken, und unsere Hände fanden einander. Sie war warm und verschwitzt, wie ich. Ich drückte ihre Hand, wir waren verbunden. Dann rollte ich auf die Seite, damit ich sie sehen konnte. Ich spielte mit ihren Haaren, und sofort verbreitete sich wohlige Wärme von meiner Hand durch den ganzen Körper.

»Schöne Haare«, sagte ich und saugte ihren Duft ein.

Sie lächelte durch die Strähnen.

»Sie duften nach Granit und Buchen.«

Sie umfasste meinen Kopf, zog mich zu sich und leckte mir langsam Kinn, Mund, Nase und Augen ab.

»Du schmeckst nach Aluminium und Waschpulver«, sagte sie, fast stöhnend.

Dann massierte sie meine Kopfhaut, was wie Millionen Funken klang.

Zeit und Ort hörten auf zu existieren, wir lagen auf dem Küchenboden, bis der Rausch etwas nachließ. Ich stand auf, suchte Nils Frahms *Says* auf CD und schenkte uns zwei große Gläser Mineralwasser mit Eiswürfeln ein. Wir leckten unsere Finger, dippten sie in die Tüte mit den Kristallen und verteilten sie im Mund. Es schmeckte sauer, aber gut.

»Ich spüre jedes Kohlensäurebläschen am Gaumen, schmecke die Atome des Wassers und die klare Quelle des Eiswassers. Ich fühle, wie jeder Schluck in den Magen läuft. Mein Körper ist ein Kreislauf. Alles ist anders. Ich kann die

Füße nicht stillhalten, muss dauernd mit ihnen kreisen. Das ist herrlich!«, sagte Emma.

Sie stand auf und wir hielten einander an den Hüften, drehten uns langsam zur Musik und sahen uns fest in die Augen. Alles andere auf der Welt war egal, nur Emma zählte. Wir teilten unser Erlebnis. Auch sie biss die Zähne zusammen und sprach so abgehackt, dass ich sie kaum wiedererkannte. Aber es war okay, ich wusste, sie war Emma und ich war Vitus. Ich zog mein T-Shirt aus, es war eine Mauer zwischen uns, ich wollte Nähe, Mensch sein, nicht Stoff, nicht Fassade, ich wollte ich sein. Sie zog ihr Top aus, hielt Augenkontakt, ihre Brüste sahen wie geölt aus, ich zog Emma zu mir, sie war ein Teil von mir, schlang die Arme um mich, drückte ihr Kinn an meinen Hals, war mein Hals, spreizte die Finger und erkundete meinen Rücken, war mein Rücken, sie duftete, bewegte sich, war Leben, sie passte auf mich auf und ließ mich auf sie aufpassen, es pochte in ihrer Brust, sie atmete tief, war meine Göttin, wenn sie auf Zehen stand. Ihr Rücken war eine Landschaft und ein Meer. Ein Meer aus Landschaften und eine Landschaft aus Meeren. Ich küsste sie, hielt sie fest, ihr Mund sog alles ein, fast schmeckte ich die Eiswürfel in ihrem Magen, unsere Körper tauchten in ein Meer, das uns umarmte, umschloss und vor dem Feuer beschützte. Ich führte meine Hand ihren Rücken hinab, fühlte jeden Wirbel, bis in die Hose, tiefer, tiefer, tiefer, zwei Menschen spürten einander, ich zog die Hose aus, sie setzte sich aufs Sofa, spreizte die Beine, ich küsste sie durch den Slip, atmete tief ein, sie schloss die Hände um meinen Kopf und bewegte die Hüfte auf und ab, ich schob den Slip zur Seite, schmeckte alles, die Zunge explodierte, ich wollte erfüllen, befriedigen, war ruhig, war hitzig, mein Zeigefinger und mein Daumen, hörte unseren Herzschlag, unser Leben, feuchte Körper verschmolzen, ich dachte Motoren, die Musik übernahm, ich dachte Kunst, die Musik fand ihren Platz, ich dachte Aztekenreich, die Musik gab uns recht, ich dachte Liebe. Ganz nackt, wir durchdrangen alles, schmeckten alles, langsam, zärtlich, wild. Ich kam in Emma, natürlich, Menschen teilen, Menschen wollen Menschen, Menschen wollen Menschen machen, wir waren Menschen, wir sind Menschen, wir werden Menschen, wir verlassen Menschen, wir vergessen Menschen, aber vor allem waren wir Menschen, ich emma und ichundemma waren menschen ohne grenzen sprachen oder regeln wir waren nur menschen in einem chaos aus körper und seele die einander liebten und mehr wollten und nicht genug bekamen obwohl es genug gab selbst der blick war genug wollte aber mehr wollte den menschen aus ihr holen und küssen wollte den menschen in sie pflanzen und küssen wollte mit ihr zusammen mensch sein und küssen ich kam erneut vielleicht in ihrem mund oder an ihrem rücken oder in ihr

undkonnteverstehen
undakzeptierenundrespektieren
undreligionundtodlieben
undkriegunddenselbstmordmeinermutter
undsaraunddaskindunddievergänglichkeit
undmeineneigenentodderokaywar undschön
undnotwendigfürmeinleben
fürdashier füremma fürmeinensamen
ohnetodkeinleben ohnelebenkeintod
lecktedenschmutzderweltvonemma
lecktetodundlebenvonemma
lecktebissienuremmaundnichtsanderesalsemmawar
nuremmaemmaemmaemma

mitderichseinwolltebisdassdertodunsschied
abereswarokay
bisdassdiesonnevomhimmelfiel
abereswarokay
biszu demtag andemwir zusammen
auf einer klippe standen und sprangen

aber es war okay, alles war okay, und mein Kopf wurde langsam klarer, als ich zwei Bier öffnete und Emma sah: nackt, harmonisch, fruchtbar und fantastisch, wenn sie nur hustete. Einfach Emma.

»Sollen wir ein bisschen die Welt angucken?«, fragte sie zwischen zusammengebissenen Zähnen und mit steifen Brustwarzen.

»Ja.« Ich wusste nicht, wie, schwitzte, genoss.

Emma ging ins Wohnzimmer und kam lachend in meinem Sweater zurück, ich lachte auch, küsste sie, Schuhe an, die Schnürsenkel gutartige Schlangen, das zweite Tütchen in die Tasche, literweise Wasser, Treppe runter, Hand in Hand, plötzlich vor dem Schauspielhaus, keine Ahnung, wie wir hergekommen waren, vielleicht Taxi, vielleicht Fahrrad, vielleicht zu Fuß, vielleicht waren wir gar nicht da, aber wir standen mit den Zehenspitzen über der Kante auf dem Steg, wippten auf und ab, hielten uns fest an den Händen und sahen Jackson-Pollock-Gemälde auf der Wasserfläche. Noch humpelte mein Bewusstsein meinen Sinnen hinterher, aber langsam holte es auf. Wie viele Menschen es auf der Welt gab, und wie viel sich jetzt, genau in diesem Augenblick, abspielte, und alles sah und fühlte ich.

»Ich fühle einen Mann, der auf einem Dach im Iran sitzt und sich die Fingernägel mit der Spitze einer Aloe Vera säubert«, sagte ich.

Emma nickte.

»Drei junge Frauen in einer öden Vulkanlandschaft in Island. Sie sind unglücklich«, sagte sie, und ich nickte.

Ich fühlte sie auch. Es war nicht schlimm, dass sie traurig waren. Ich hatte Lust, sie zu suchen und ihnen zu sagen, dass Unglücklichsein in Ordnung sei und alles wieder gut werde. Draußen im Wasser sah ich meine Mutter, die ertrunken war und mit dem Gesicht nach unten schwamm. Aber der Anblick war nicht erschreckend, hatte etwas Friedliches. Sie war angekommen und hatte Ruhe gefunden. Lag im Wasser und lächelte die Fische an. Hoffte, ich würde sie verstehen, was ich auch tat. Trotzdem vermisste ich sie.

»Glaubst du, ich wäre anders, wenn meine Mutter nicht gestorben wäre?«, fragte ich Emma.

»Ja.«

»Danke … Ich vermisse sie … so sehr.«

»Ja.«

»Sie war ein Mensch.«

»Ja.«

Wir dippten die Finger noch einmal in das Tütchen, und zehn Minuten später nahm der Rausch eine andere Form an. Das Überwältigende, alles Überschattende wurde zu einer angenehmen Verlängerung meiner selbst. Ich wurde fröhlich, ja albern, und bekam Lust, etwas zu erleben.

»Gehen wir Abenteuer suchen?«

»Ja.«

Wir liefen hinauf zum Kongens Nytorv.

»Autos sind gefährlich«, sagte Emma. »Sehr gefährlich. Das ist nicht gut. In dieser Welt lauern überall Gefahren.«

»Wenn es nach mir ginge, wäre Gefahr verboten«, sagte ich.

Im 7-Eleven kauften wir eine Tafel Schokolade und ein paar Bier. Ich musste mich setzen, während wir die Schokolade aßen, das Geschmackserlebnis war so intensiv, dass ich mich nicht gleichzeitig auf meine Beine konzentrieren konnte.

»Was für ein Glück, dass wir Schokolade haben! Ich bin zutiefst dankbar«, sagte ich.

»Ja. Und uns. Wir haben einander – und Straßen und Gehwege. Manchmal vergisst man, wie wertvoll das ist. Stell dir vor, wir müssten auf Scherben laufen. Aber wir haben Asphalt – und uns.«

Es tat gut, sich zu bewegen. Jeder Schritt war, als streichelte jemand meine Beine mit einem Katzenfell. Zeit und Abstand waren fremde Kategorien. Plötzlich standen wir woanders und dachten doch, wir hätten uns nie bewegt. Eine Stunde kam uns vor wie wenige Sekunden. Wir hatten keinerlei schlechte Gedanken. Nur Liebe und Neugier.

Im Botanischen Garten tranken wir ein Bier. Eigentlich war er geschlossen, aber wir sprangen über den Zaun. Es war ein bisschen unheimlich in der Dunkelheit, aber ich wusste, dass keiner uns Böses wollte. Weder die Bäume noch die Blumen, Dornen oder Emma. Alle wollten nur das Beste. Wir blieben immer wieder stehen und umarmten uns.

Plötzlich waren wir im Studentenhaus, wo ein Typ Blues spielte. Wir setzten uns und hörten eine Weile zu. Ich ging auf die Toilette und war unendlich dankbar, dass sie meinen biologischen Ausschuss entgegennahm. Als ich zurückkam, sah Emma mich an, als wäre ich etliche Jahre fort gewesen und sie hätte mich vermisst wie eine Frau ihren Mann an der Front. Ich setzte mich, sie legte eine Hand auf mein Bein, beugte sich zu mir und streichelte mir über die Wange.

»Vitus, es gibt zwei Arten von Menschen. Dich und alle anderen. Das darfst du nie ändern.«

Tränen stiegen mir in die Augen, wir küssten uns, und einen Wimpernschlag später standen wir am Højbro Plads, gingen hinunter zum Frederiksholms-Kanal und staunten, wie viel Wasser es dort gab und immer geben würde.

Als wir heimkamen, legte Emma Edith Piaf auf und wir sahen uns ein YouTube-Video über einen Mann an, der auf Wasser malte. Es war wunderschön, ich bekam Lust, die Farbe zu trinken. Ich ging hinaus und musste mich übergeben, aber das war okay. Beim Zähneputzen spürte ich jede einzelne Borste der Zahnbürste, ein euphorisches Gefühl.

Auf dem Weg zurück in die Küche wollte es aus mir heraus, ich konnte nichts dagegen tun.

»Meine Ex ist schwanger«, platzte ich hervor.

Ich hatte nie einen Menschen gesehen, der innerhalb von zwanzig Sekunden so viele verschiedene Gesichtsausdrücke zeigte wie Emma in diesem Moment. Als wäre ihr Gesicht eine Schlangenhaut, aus der sie sich befreien wollte.

»Bist du deshalb neidisch oder wütend?«, fragte sie schließlich.

»Es ist mein Kind. Aber sie hat mich reingelegt. Hat die Pille abgesetzt, ohne es mir zu sagen. Und ich will es nicht haben.«

»Warum hast du mir das nie gesagt?«, fragte sie ohne eine Spur des Vorwurfs in der Stimme.

»Ich hatte Angst, du würdest mich dann nicht mehr wollen. Und ich hab dich so verdammt gern, Emma. Ich hatte Angst, dich zu verlieren. Ich *habe* Angst, dich zu verlieren«, sagte ich mit zusammengebissenen Zähnen.

Ich war sicher, dass sie wütend werden würde, doch stattdessen schlug sie sich mit der Hand gegen die Stirn und sagte:

»Was habe ich getan? Es tut mir so leid. Ich bin ein schlechter Mensch. Ich bin ein schlechter Mensch.«

Ich erschrak und nahm ihre Hände, damit sie sich nicht selbst schlagen konnte.

»Du bist überhaupt kein schlechter Mensch, Emma. Du bist ein guter Mensch. Du kannst nichts dafür, dass sie schwanger ist, und es hat nichts mit dir zu tun, dass ich das Kind nicht will. Du bist ein guter Mensch, Emma«, versuchte ich.

Sie starrte auf den Boden, schüttelte den Kopf und wiederholte, sie sei ein schlechter Mensch. Der Rausch verschwand genauso schnell, wie er gekommen war. Ich tat mein Bestes, um sie zu beruhigen, aber es half nichts. Als ich zum dritten Mal betonte, dass es nichts mit ihr zu tun habe, hob sie den Kopf und sah mich an. Vor Schreck stieß ich beinahe rückwärts gegen den Kühlschrank. Ihr Blick war rabenschwarz, verschreckt, verwirrt, gefährlich. So etwas hatte ich noch nie gesehen, nicht einmal in den Augen meiner Mutter, wenn sie die schlimmsten Depressionen hatte. Emmas Blick war wie besessen. Das war nicht sie. Sie hatte sich in sich selbst verirrt. Nach außen bewahrte ich Ruhe, aber ich kam nicht zu ihr durch. Sie zog ihre Hände zurück und rutschte von mir weg. Ich versuchte, ihr näher zu kommen, doch sie klang erschrocken:

»Hör auf, Vitus. Ich bin ein schlechter Mensch. Du darfst mir nicht zu nahe kommen. Ich bin ein schlechter Mensch.«

»Du bist ein guter Mensch, Emma. Und wenn du ein schlechter Mensch bist, dann liebe ich schlechte Menschen«, versuchte ich.

»Du hast ja keine Ahnung, Vitus!«

Aus ihren Augen sprach eine seltsame Mischung aus Furcht und Liebe. Sie hatte keine Angst vor mir, sie hatte Angst, dass sie mir etwas antun könnte. Ich sah, dass ihre Furcht immer größer wurde, und rutschte ein Stück weiter weg, doch Emma starrte mich noch immer mit diesem Blick an. Sie hielt die Hände vor den Oberkörper, öffnete und schloss die Finger, wie ein Kleinkind, das versucht, etwas zu fassen. Vielleicht wollte sie eine Antwort, eine Wahrheit, vielleicht wollte sie nach etwas greifen, dessen Form sie nicht verstand, und es festhalten. Ihre Zehen waren gekrümmt, und jedes Mal, wenn ich mich rührte, drückte sie sich fester an den Schrank hinter ihr.

»Soll ich dich ein bisschen alleine lassen?«, fragte ich.

Sie nickte.

In meinem Zimmer stand ich kurz vor einem Panikanfall. Ich befürchtete, dass sie eine Psychose bekommen hatte. Wenn sie jetzt psychisch krank wurde, war es meine Schuld, und was konnte ich tun? Ihr Telefon nehmen und ihre Eltern anrufen? Das konnte alles noch schlimmer machen. Einen Krankenwagen rufen? Es ging mir dreckig, am liebsten hätte ich mir selbst alle Knochen gebrochen, als Strafe für die dämliche Idee mit dem MDMA.

Nach einer Stunde hatte ich vier Löcher in mein Bein gekratzt und schon beschlossen, wie ich mein Leben beenden würde, wenn sich herausstellte, dass Emma bleibende

Schäden davontragen würde, doch dann kam sie leise zu mir. Der Dämon in ihren Augen war verschwunden, und ich hielt die Luft an.

»Entschuldige, ich glaube, ich habe ein bisschen zu viel MDMA genommen. Jetzt geht es mir besser. Tut mir leid, dass du das miterleben musstest«, sagte sie und klang wieder wie Emma, nur ihre Pupillen waren noch erweitert.

Sie legte sich zu mir, schlang die Arme um mich und küsste mich auf die Wange und meine Erleichterung hätte nicht größer sein können.

»Alles wird gut, Vitus. Alles wird gut. Das weiß ich.«

Ich hätte mich freuen sollen, aber etwas an der Art, wie sie es sagte … Ich hatte das Gefühl, als meinte sie gar nicht das Kind.

Halbleben

Ich verstand nicht, wie Emma am nächsten Morgen lächeln konnte, als wäre nichts geschehen. Sie sagte nur:

»Das war vielleicht ein Erlebnis gestern, was?«

Vielleicht hatte die Droge stärker auf mich gewirkt, dachte ich, oder sie hatte es vergessen. Trotzdem fragte ich nicht, ob sie sich an die Episode erinnerte.

Ich verstand auch nicht, wovon sie redete, als sie drei Tage später anrief und sagte, sie würde mit ihrem Vater nach Schweden fahren, um ihre Großmutter zu besuchen, die ernsthaft krank geworden sei. Ich verstand nicht, warum sie kein einziges Wort über das Kind verlor. Vielleicht war das Problem in meinem Kopf zu groß geworden, oder sie wollte sich nicht einmischen. Ich verstand nicht, warum auf ihrer Facebook-Seite stand, dass sie in Kopenhagen sei, während sie mir Nachrichten aus Schweden schickte. Vielleicht war es nur das schlechte Geotagging von Facebook. Aber als ich wissen wollte, wie es dort oben aussah, und sie mir ein Foto schickte, fiel mir auf, dass es im Frühling aufgenommen worden war. Ich verstand nicht, warum sie sagte, sie sei in Schweden, wenn sie in Wirklichkeit in Kopenhagen war. Vielleicht war es ihre Methode, ein wenig Abstand zu schaffen, um den Drogentrip zu verarbeiten – und die Tatsache, dass ich Vater werden würde. Doch wenn dem so war, verstand ich nicht, warum ich an manchen Tagen mit fünf neuen Mails von ihr aufwachte, in denen sie (offensichtlich betrunken) schrieb, wie viel ich ihr bedeute und wie sehr sie sich darauf freue, mich wiederzusehen. Warum sollte sie an einem normalen Werktag bei ihrer sterbenden Großmutter sitzen und sich betrinken? Und warum sollte sie in derselben Stadt wie ich sein und mir schreiben, wie sehr sie mich vermisste? Ich hatte nicht um solche Mails gebeten, denn ich hatte beschlossen, ihr etwas Raum zu lassen. Ich verstand nicht, warum sie Woche für Woche dort oben bleiben musste, und weil sie problemlos Online-Brettspiele mit mir spielen und Bilder schicken konnte, verstand ich auch nicht, warum sie behauptete, ihre Internet-Verbindung sei zu schlecht zum Skypen. Sie tat und sagte so viel Widersprüchliches, dass ich am Ende nicht mehr verstand, ob es überhaupt noch etwas zu verstehen gab.

Aber ich nahm es hin und sagte nicht, dass ich nichts mehr verstand, weil ich sie wahnsinnig vermisste. Ich vermisste, wie sie dahinsank, wenn ich ein Kochrezept laut vorlas, vermisste, wie sie sich überall anstieß, weil sie so schusselig war, vermisste ihr Lachen und dass sie mich zum Lachen brachte. Ich vermisste es, sie zu umarmen und zu küssen, vermisste, wie sie im Schlaf die Beine um die Decke schlug, vermisste, wenn ihre Augen wie zwei kleine Regenschirme aussahen, wie sie sich verwirrt umsah, nachdem sie geniest hatte, vermisste ihre etwas heisere Stimme, vermisste es, ihr auf den Bauch zu blasen, dass es wie ein Furz klang. Ich vermisste das Gefühl, dass sie mich brauchte. Aber ich interpretierte ihre Worte und ihre Stimme am Telefon so, dass all das wiederkommen würde, wenn ich ihr nur Zeit gab.

In den folgenden Wochen hielt ich mich bedeckt. Ich versteckte mich vor ihr und vor meiner inneren Unruhe. Besuchte mehrmals Bertram (und Tove), traf mich ab und zu mit Mads, las halbherzig ein paar Bücher, ging einkaufen und arbeiten, kochte, lag in Parks oder spazierte ziellos durch die Stadt. Ich lebte jenes Halbleben, in dem man sich über unwichtige Dinge aufregt, um wichtige Dinge zu vermeiden, jede Nacht acht Stunden schläft und nie aus vollem Herzen lacht. Das Halbleben, das nie richtig beginnt und nie richtig aufhört, das einem nichts gibt, weshalb man auch nichts zu verlieren hat. Im Halbleben vergeht die Zeit auf wundersame Weise. Weder kommt sie noch geht sie, sie verliert sich einfach in Nichtigkeiten.

Wenn Emma weiterhin süße Mails geschrieben oder mich so oft wie am Anfang angerufen hätte, wäre ich zu mindestens zwanzig Jahren Halbleben bereit gewesen. Je länger ich auf eine Nachricht wartete, desto süßer schmeckte sie. Dass ich die Geschichte mit der Großmutter nicht mehr glaubte, war ihr wohl klar, denn sie erwähnte sie nicht mehr. Immer mehr Zeit verging, und schließlich kamen nur noch kurze Nachrichten wie *Erinnerst du dich an Crescendo? Ich vermisse Italien mit dir.*

Mein Selbstbewusstsein bekam einen gewaltigen Knacks. Emma hatte nicht zu übersehende Rauchzeichen gesendet, aber ich konnte sie nicht deuten und wusste nicht, was verkehrt war. Ich fühlte mich wie ein Blinder am Abgrund. Ein Schritt in die falsche Richtung, und ich würde abstürzen. Aber wie und warum war ich dorthin gekommen? War es meine Art oder mein Aussehen, mein Wesen? Oder war es das Kind? Ließ ich ihr zu viel Freiraum und zeigte zu wenig Interesse? Ich hatte keine Ahnung und begann, den Fehler bei mir zu suchen. Es war, wie wenn man mit Kopfschmerzen bei Netdoktor nachliest und sich plötzlich todkrank fühlt. Alles an mir war verkehrt, und ich war sicher, dass alle anderen es auch sahen. Ich ging nicht mehr aus, um keine Bekannten zu treffen, mein Blick flackerte, wenn ich mit jemandem sprach, meine Hände zitterten, wenn jemand mich ansah, ich erschrak bei jedem Geräusch und verlor die Lust auf Essen, Sex und Schlaf. Vieles bemerkt man erst, wenn man es nicht mehr hat, und in dieser Zeit bemerkte ich, dass ich eigentlich ein ganz gutes Selbstbewusstsein gehabt hatte. Zwar auf introvertierte Art und Weise, aber es hatte existiert. Nun war es verloren, und ich las in Selbsthilfebüchern nach, wie man es zurückbekam. Keine Frau wollte einen Typen, der sich sein Selbstbewusstsein anlesen muss, das war mir klar. Ich dachte immer öfter an Sara. Irgendwie vermisste ich sie auch. Nichts Spezielles an ihr, nicht ihre Stimme, nicht ihre Persönlichkeit, nicht den Sex mit ihr und schon gar nicht die Beziehung, und doch vermisste ich sie ein bisschen. Ich vermisste, dass sie mich liebte und nicht alle meine Fehler sah. Dann könnte ich wieder wie damals sein, an dem Abend, als ich Emma traf und mit ihr auf die Toilette ging. Dieses Gefühl war fürchterlich. Ich war von Zweifeln geplagt und hatte keine Ahnung, was lief. War das Ganze nur eine Strategie, um die Sache undramatisch zu beenden? Wollte Emma irgendwas Bestimmtes von mir hören? Hatte sie etwa einen anderen? Waren die Gefühle verschwunden? Oder war ich schlicht und einfach nicht gut genug für sie? Ich war wie gelähmt, und das brachte mich um.

An einem Tag Anfang September bekam ich Stadtklaustrophobie, fuhr allein hinaus zum Jægersborg-Park und ging eine halbe Runde. Ich betrachtete das Wild, wie wenn man zerstreut auf die Uhr schaut, ohne wirklich zu registrieren, wie spät es ist. Nach zwei Stunden hatte ich genug und ging zur Klampenborg-Station, um mit der S-Bahn nach Hause zu fahren. Als ich dort wartete, kam eine etwa gleichaltrige Frau in ausgebeulten Klamotten an die Haltestelle, die Kapuze über den Kopf gezogen, stellte sich dicht an die Bahnsteigkante und starrte auf die Schienen. Sie erinnerte mich an Emma auf dem Gerüst, und ich dachte, dass sie sich vielleicht vor den Zug werfen wollte. Kaum war ich so nah zu ihr getreten, dass ich sie notfalls halten könnte, da spürte ich eine fremde Hand auf meiner Schulter und erschrak. Sie gehörte einem alten Mann.

»Schon in Ordnung. Sie ist nur ein armes Ding aus Ordrup. Hat an einem ganz normalen Sommertag plötzlich den Verstand verloren. Das kann uns allen passieren, auch dir. Jeder Tag ohne Wahnsinn ist ein Geschenk. Das Leben ist ein Geschenk«, sagte er mit zittriger Stimme.

Das Mädchen mit der Kapuze nickte langsam, starrte weiter auf die Schienen und summte *Solange ich lebe.*

Normalerweise hätte ich beide als Spinner abgetan und den Vorfall schnell vergessen, aber nicht an diesem Tag. Allein das Nicken des Mädchens berührte mich tief. Bis der Zug kam, schwiegen wir.

Schon an der nächsten Station, Charlottenlund, stieg ich aus. Ging die Treppe zur Unterführung hinunter und nach rechts, wo der Wald in der Dämmerung versank. Ich zog mein Telefon aus der Tasche und rief Emma an. Sie ging schon nach dem vierten Klingeln ran.

»Hej, Vitus«, sagte sie und schien sich aufrichtig zu freuen.

»Hej, Emma. Ich muss dir unbedingt etwas sagen«, begann ich, ohne Zeit mit Halblebensphrasen zu verschwenden.

Sie schwieg einen Augenblick.

»Was denn?«

»Dass ich dich liebe, Emma. Ich liebe dich. Und ich weiß nicht, was mit dir los ist, warum du sagst, du wärst in Schweden, wenn du die ganze Zeit hier warst. Ich muss es auch nicht wissen. Aber ich muss dir einfach sagen, dass ich dich liebe!«

Ihr Atem stockte, sie schwieg.

Ich setzte mich auf einen Stein, nahm die Brille ab und putzte sie mit der linken Hand. War es total *off*, ihr die Wahrheit zu sagen?

Nach einer halben Ewigkeit holte sie tief Luft.

»Vitus …«

»Ja?«

»Es geht nicht. Es geht leider nicht. Es war wunderschön, aber die Gefühle sind weg. Tut mir leid. Pass gut auf dich auf«, sagte sie und legte auf.

Ich blieb regungslos mit dem Telefon in der Hand sitzen, bis ich bemerkte, dass ich mein Brillenglas zerbrochen hatte und Blut von meiner Hand auf die Hose tropfte. Ich warf die Brille auf den Boden und zertrat sie. Mir war übel, ich lief in den Wald, kotzte und zitterte. Ich kapierte überhaupt nichts mehr, es machte keinen Sinn. Ich glaubte ihr nicht. Nach allem, was wir erlebt hatten. Italien, Baden bei Nacht, die Intimität, das Vertrauen, die Gespräche über Sofia und meine Mutter, ihr Lächeln. Und das sollte es jetzt gewesen sein? Ein kurzer Satz am Telefon, und ich solle auf mich aufpassen. Hatte ich sie total verkannt? Ich wollte mit ihr zusammen sein. Für immer und ewig. Ich wollte niemanden treffen, deshalb ging ich tiefer in den Wald, aber ohne Brille verlief ich mich bald. Ich versuchte die Station wiederzufinden, landete auf einem breiten Weg und ging in die falsche Richtung. Er führte in ein Villenviertel, das ich nicht kannte.

Mir wurde schwindlig, ich war halb blind, rief Emma an, ihr Telefon war ausgeschaltet. Rief Sara an, die sofort ranging, dafür legte ich gleich wieder auf, weil ich sie auch ein bisschen vermisste und sogar wollte, dass sie mich in die Arme nahm. Sie rief mich zurück, ich schaltete das Telefon aus.

Ich lehnte mich an einen Baum, um mich zu beruhigen, doch plötzlich sah ich über mir die Umrisse von einem Paar Beine. Ich stürzte und kroch rückwärts davon, als ich entdeckte, dass noch mehr Beine über mir schwebten. Wie gekochte Spargel baumelten sie von Körpern, deren Hälse in Schlingen hingen, die um die dicken Äste gebunden waren. Sie waren überall im Dunkeln. Sie waren meine Mutter. Alle. Ich wusste, dass das alles nur in meinem Kopf geschah, also atmete ich tief ein, damit die Angst nicht die Überhand gewann. Ich kniff die Augen zusammen und sah sie an. Sie trug den lila Overall, ihre Füße schwangen im Wind, ihre Hände waren blau und ihre aufgerissenen, vertrockneten Augen erinnerten mich an Rosinen. Ihre Lippen waren eingesunken und aus ihrem Mundwinkel lief Blut. Auf ihrem Unterleib war ein großer, nasser Fleck, weil sie sich bepisst hatte. Die Angst und die Einsamkeit waren ihr ins Gesicht geschrieben, blicklos starrte sie mich an. Sie war allein, gestorben durch ihre eigene Hand. Ich fing an zu heulen und schloss die Augen, doch das Bild wurde nur stärker, deshalb öffnete ich sie wieder und starrte auf den

Waldboden. Aber halb in der Erde vergraben lag eine verwesende Babyleiche und Würmer krochen aus den leeren Augen.

Ich kauerte mich zusammen, erbrach mich noch einmal, hyperventilierte und ließ die Dunkelheit kommen, damit ich die Toten nicht mehr sehen müsste.

Lissabon hin und zurück

In den nächsten Wochen war mein Telefon, was für Adam und Eva der Apfel war. Ich dachte nur an eins: Emma schreiben, Emma anrufen. Aber Mads sagte, ich solle ruhig Blut bewahren und abwarten. Gib ihr eine Woche Zeit, alles noch einmal zu überdenken. Dann wird sie dich vielleicht vermissen und ihren Entschluss bereuen. Das klang vernünftig, also wartete ich. Wartete, rauchte Zigaretten und war so irrational wie nur möglich. Ich meldete mich bei Fitnessworld an, trainierte aber am ersten Tag so heftig, dass ich einen Muskelfaserriss am linken Arm erlitt. Ich ging zum Zahnarzt und ließ mir die Zähne reinigen, kaufte eine Schirmmütze, die ich in einem Modeblog gesehen hatte, lernte Coq au vin kochen, putzte meine Fenster und so weiter. Ich bildete mir ein, dass Emma mich eher wollte, wenn ich hübsch, durchtrainiert und schick angezogen war und in einer sauberen Wohnung wohnte. Wenn ich weiterkäme und den Willen zeigte, mich zu verbessern. Irrational, wie gesagt. Als ich an einem Abend etwas zu viel Rotwein intus hatte, begann ich allen Ernstes, ein Storyboard für einen Film zu entwerfen, den ich drehen wollte, um ihr zu imponieren. Ich stellte mir vor, wie sie in ihrer Küche saß und in der Zeitung von diesem fantastischen Film las, der Europa und Amerika im Sturm erobert hatte. Aber natürlich wurde ich in einer Woche weder durchtrainiert noch modeblogsmart noch ein tüchtiger Koch oder

Filmregisseur, und leider ließ Emma auch nichts von sich hören. Nicht ein einziger Smiley in irgendeinem Medium. Als acht Tage vergangen waren, rief ich sie an. Sie ging nicht ans Telefon. Weder beim ersten noch beim zweiten oder dritten Versuch. Sie antwortete auch nicht auf meine Nachricht, in der ich nur fragte, ob es ihr gut gehe. Weder per Mail noch per SMS oder auf Facebook, obwohl ich dort sah, dass sie die Nachricht gelesen hatte.

Wenn ich versuchte, rational zu ergründen, warum sie sich so plötzlich zurückgezogen hatte, kam ich zuerst auf das Kind. Vielleicht hatte auch das MDMA irgendeine Art von Depression bei ihr ausgelöst? Doch all das waren Spekulationen. Tatsache war, dass sie keine Gefühle mehr für mich hegte. Wenn sie je da gewesen waren. Das hatte sie mit einem einzigen, kurzen Satz klargestellt. Auch wenn mir der Gedanke nicht gefiel, die Geschichte klang leider verdammt logisch, wenn man sie wie folgt las: Langweile mich ein bisschen, treffe einen ganz lustigen Typen, warum nicht, nehme ihn mit nach Italien, um Gesellschaft zu haben, dann Drogen, uncooles Erlebnis, shit, der Typ wird Vater!, er ist zu sehr auf mich fixiert, schlechter Stil, besser jetzt Schluss machen, keinen Bock auf Drama, er ruft an, liebt mich, geht gar nicht, armer Junge, hat seine Mutter verloren, wird heulen, wenn ich ihn nicht heiraten will, kurzer Prozess, er wird es überleben und einsehen, dass er mich nur liebt, weil er mich nicht kriegen kann, Punkt!

Trotzdem gab ich nicht auf. So sollte es nicht enden. Lächerliche zwanzig Sekunden am Telefon sollten mit einem Mal alles zunichtemachen, was wir gesagt und erlebt hatten? Ich wollte, dass sie die Zeit mit mir würdigte und mir wenigstens ein letztes Mal sagte, dass sie mich auch geliebt hatte.

Ich wollte sie an uns erinnern. An die Gedanken, die sich auf dem Felsen im Mittelmeer hinter ihrem Blick verbargen, an den Abend mit zehn Käsesorten und französischer Musik, an den Tag, als sie bei mir im Treppenhaus stolperte und ich mir aus Solidarität das Knie aufschürfte. Ich wollte sie an mich erinnern und daran, wer sie war, als sie mit mir zusammen war.

In einem Brief schilderte ich unsere zehn schönsten Erlebnisse bis ins kleinste Detail. Düfte, Geräusche, was wir gesagt hatten, Gefühle, Tageszeiten und so weiter. Aber ich schickte ihn nicht ab, weil ich ihn zu schwülstig und gefühlspornografisch fand. Stattdessen versuchte ich Witz hineinzubringen, indem ich Emma und mich durch verschiedene Tiere austauschte. Fische, die eine Reise auf dem Blauen Planeten unternahmen, ein Panda und eine Maus im Sommerhaus, zwei Vögel, die mit SAS nach Neapel flogen, und so weiter. Diesen Brief hätte ich beinahe abgeschickt, aber ich wusste selbst nicht recht, was ich damit sagen wollte. Stattdessen versuchte ich, fünf Tage lang (die mir wie der Hundertjährige Krieg in Zeitlupe vorkamen) still zu sein. Alles, was ich wollte, war ein bisschen mehr Zeit mit ihr. Und wenn es nur als Freunde gewesen wäre. Ich wäre nicht einmal wütend gewesen, wenn sie einen anderen gehabt hätte. Scheißtraurig, ja, aber das hätte ich gut versteckt. Auf unendlich vielen Umwegen kam ich schließlich auf eine ziemlich einfache Lösung: Ich wollte sie fragen, ob sie nicht Lust auf irgendeine freundschaftliche, unverbindliche Unternehmung hatte. Ich hätte vor ihrer Wohnung auf sie warten können, aber ich wollte mich nicht aufdrängen. Andererseits war eine SMS zu unpersönlich. Sie sollte merken, dass es mir viel bedeutete, sich aber nicht gezwungen fühlen, es nur für mich zu tun. Ich weiß nicht, wie ich auf die Idee kam, aber plötzlich stand die Mutterkiste auf dem Küchentisch. Ich nahm das Bild aus Lissabon heraus und schrieb auf die Rückseite: *Hast du Lust auf eine Spritztour nach Lissabon? Nur als Freunde – ich spendiere! Wenn nicht, wäre es nicht lustig, mal in den Knuthenborg-Safaripark zu fahren? Ruf an :)*, und plötzlich hatte ich es in ihren Briefkasten geworfen.

Vier Tage später bekam ich einen weißen Briefumschlag mit Emmas Handschrift darauf. Ich legte ihn auf den Tisch, sprang luftboxend im Wohnzimmer umher und freute mich darauf, ihn zu öffnen. Malte mir aus, was sie wohl geschrieben hatte. Hoffte, dass sie sich für alles entschuldigte und es bereute. Bereitete mich auch darauf vor, dass sie nicht mit mir nach Lissabon reisen wollte. Doch als ich den Umschlag öffnete, wurde mir klar, dass ich nicht auf das Schlimmste vorbereitet war. Es war nur das Bild aus Lissabon. Nichts anderes. Nicht ein Wort, nicht ein kleiner Zettel. Nichts.

Es war Emma

Nach dem Essen gingen wir ins Wohnzimmer, um irgendeine dämliche Serie anzuschauen. Bertram setzte sich an ein Ende des Sofas, Tove ans andere. Offenbar sollte ich in der Mitte Platz nehmen. Sicher Toves Idee, um mir das Gefühl zu geben, wir seien eine richtige Familie. Ich setzte mich auf den Boden. Mein Telefon vibrierte, es war schon wieder Mads. Ich hatte nicht den Nerv, ihm zu antworten. Er schrieb mehrmals am Tag und fragte, ob wir uns nicht treffen wollten. Als er vorher an meiner Tür geklingelt hatte, beschloss ich, zu Bertram und Tove hinauszufahren. Ich hatte keine Lust, dort zu sein, aber es war der Ort, an dem ich am wenigsten nicht sein wollte.

»Schokolade, Vitus?«, fragte Tove.

»Lieber ein Bier«, antwortete ich.

Schlimm genug, dass ich sonntags bei ihnen saß und verdummende Serien glotzte, da wollte ich nicht auch noch Schokolade. Typisch Tove. Erst Schokolade, dann Trivial Pursuit, dann Weihnachtsbastelei, und schwupp sitzt man da in der Familienidylle und will immer füreinander da sein, über alle Probleme reden, gemeinsam Ferien machen und sich mindestens zweimal pro Woche treffen, weil Familie ja das Größte ist, die Geschichte kennen wir alle.

»Das lässt sich machen«, sagte sie zu meiner großen Überraschung und holte ein Bier aus dem Kühlschrank.

»Spannend, nicht wahr?«, fragte sie, als die Zusammenfassung der letzten Folgen lief.

Der Meinung war ich nicht, aber ich hatte keine Lust auf Diskussionen. Bertram ging ebenfalls in die Küche und holte sich ein Bier. Im Augenwinkel sah ich, wie Tove ihn vorwurfsvoll anschaute.

»Gönn ihm doch mal ein Bier«, sagte ich und ging auf Facebook.

Emma hatte seit zwei Wochen nicht mehr auf meine Nachrichten geantwortet. Ich hatte mich tausendmal entschuldigt und geschrieben, dass das Kind niemals zwischen uns stehen würde und dass wir Freunde bleiben könnten, falls sie einen anderen hatte. Jede meiner Nachrichten war als gelesen markiert. *Was zum Teufel ist los, Emma? Warum antwortest du nicht? Ich finde, du schuldest mir eine Erklärung!*, schrieb ich und drückte auf Senden. Sie las es sofort.

Ich bekam kaum mit, was in der Serie geschah, nur dass die Schauspieler grottenschlecht waren. War das ein harmonisches Familienleben? Einer Horde Amateure zusehen, die so tun, als hätte das, was sie da aufführten, irgendwas mit Wirklichkeit zu tun, und dabei Schokolade essen? Fuck, wie gern hätte ich ein bisschen MDMA im Blut gehabt. Nicht so viel wie beim letzten Mal, aber genug, um die Familienidylle ertragen zu können.

Gegen Ende der Folge vibrierte mein Telefon. Es war Sara. Ich las die Nachricht nicht und löschte gleich die gesamte Konversation. Keiner begriff, dass ich einfach nur Ruhe brauchte. Dass ich gerade keinen Sinn für Vaterschaftsfragen, besorgte Freunde und Schokolade hatte. Das Wohnzimmer drehte sich vor meinen Augen, und für einen Moment dachte ich, mir würde schwarz vor Augen, aber es gab sich wieder. Emma antwortete nicht, deshalb schrieb ich: *Antworte mir jetzt! Was zum Teufel ist los?*

Die Folge endete mit der lächerlichen Musik eines leidenden Möchtegernkünstlers, wahrscheinlich mit Cowboystiefeln und Pomade im Haar. Tove schaltete den Fernseher aus, aber keiner stand auf.

»Möchtest du dich nicht zu uns setzen?«, fragte Tove nach einer Minute Schweigen.

Das Ticken der Standuhr machte mich wahnsinnig. Sie lärmte wie ein Pressluftbohrer und störte meine Gedanken. Ich stand auf, ging zum Kühlschrank und nahm mir noch ein Bier. Dann setzte ich mich wieder auf den Boden. Tove wiederholte ihre Frage und klopfte auf das Polster neben ihr.

»Danke, ich sitze gut hier«, sagte ich.

»Komm doch mal zu uns«, versuchte sie.

»Wenn Vitus es auf dem Boden bequem hat, ist doch alles gut«, bemerkte Bertram, und es wurde wieder still.

»Vitus, Vater und ich machen uns Sorgen um dich. Wir erkennen dich kaum noch wieder. Ist alles in Ordnung?«, fragte Tove.

Ich trank einen großen Schluck Bier und hoffte, er würde als Kühlwasser für meine Wut dienen, aber es half nichts.

»Ich nenne meinen Vater Bertram, Tove. Außerdem würde ich es sehr schätzen, wenn du nur für dich selbst reden würdest. Wie willst du mich überhaupt wiedererkennen – du kennst mich doch gar nicht. Du bist nicht meine Stiefmutter, Tove. Du bist die Frau meines Vaters, und das war gewiss nicht meine Idee.«

Bertram setzte sich auf. »Vitus, so darfst du nicht mit Tove reden, verstanden? Außerdem hat sie recht. Ich kann dich auch kaum wiedererkennen. Was ist los mit dir?«

So hatte er seit Mutters Tod nicht mit mir gesprochen. Ich drehte mich um und sah ihm in die Augen.

»Gut. Dann kannst du mir vielleicht erzählen, wie meine Mutter gestorben ist? Warum glaubst du, bin ich so? Sag es mir, Bertram. Hat sie sich erhängt? Hat sie sich erschossen? Sag es, wenn du mir helfen willst!«, sagte ich mit zitternder Stimme.

Tove öffnete den Mund.

»Du hältst dich da raus, Tove. Ich meine es ernst«, sagte ich hart, zeigte auf sie und wünschte für eine Sekunde, mein Finger wäre ein Gewehr.

Es kam mir vor, als würde sie zwei Kochtopfdeckel direkt über meinem Kopf zusammenschlagen. Sie brachte mich zur Weißglut. Genau wie das Ticken der Standuhr.

Aus Bertrams Augen sprach eine Mischung aus Resignation und Zorn. Er öffnete und schloss den Mund, als könnte er sich nicht entscheiden, was er sagen sollte.

»Vitus, sie ist tot«, sagte er schließlich.

»Ja, what a motherfucking surprise!«

Ich erwiderte seinen Blick.

»Hör jetzt auf, Vitus«, sagte er mit feuchten Augen.

Tove sah in ihren Schoß.

Ich hielt es nicht länger aus. Die Wände stürzten auf mich ein. Ich kam auf die Beine, wobei ich das Bier auf dem Teppich umstieß, war aber nicht in der Lage, die Flasche wieder hinzustellen. Ich lief zur Tür und zog die Schuhe an.

»Vituuuuuuus!«, rief Tove im schlimmsten Pädagogenton.

»Toveeeee!«, äffte ich zurück und wollte gerade meine

Jacke anziehen, als ich auf dem Korridor ein Bild neben einem Gemälde meiner Mutter entdeckte, das ich nicht kannte.

Ich nahm es ab, ging zurück ins Wohnzimmer und hielt es demonstrativ in die Luft, als hätte ich einen Beweis für zehn Jahre Untreue gefunden.

»Was ist das hier?«, fragte ich mit pochendem Herzen und brechender Stimme.

Bertram sah mich lange an.

»Das hat Tove gemalt.«

Ich umklammerte den Rahmen so fest, dass meine Finger ganz weiß wurden.

»Spinnt ihr? Was soll der Scheiß?«, rief ich, zerschmetterte das Bild, rannte hinaus und knallte die Tür so fest hinter mir zu, dass eine der kotzgelben Wandfliesen brach.

Ich zündete mir eine Zigarette an und ging hinunter zur Station. Obwohl ich ein für alle Mal klargestellt hatte, wie ich zu ihr stand, fühlte ich mich nicht erleichtert. Ohne den Selbstmord meiner Mutter wäre Tove gar nicht in mein Leben getreten. Der Selbstmord meiner Mutter war Toves Glück. Bei den Schienen sah ich, wie meine Mutter von einem Schäferhund gefressen wurde. Sie lag am Boden und strampelte, und er schlug die Zähne in ihren Hals. Ich hörte, wie er die Knochen zermalmte, es stank nach frischem Fleisch, wie beim Metzger.

Bevor die S-Bahn kam, kaufte ich eine Flasche Weißwein mit Schraubverschluss am Kiosk. Ich zitterte wie ein Epileptiker und musste meine Nerven betäuben. Ich trank einen großen Schluck und nahm mir vor, nicht mehr an Bertram und Tove zu denken. Noch mehr Sorgen konnte ich wirklich nicht gebrauchen.

Zum Glück war der Zug leer und ich fand einen Wagen, in dem ich fast allein war, doch schon an der nächsten Station störte ein Typ im Anzug meinen Frieden. Er sah aus wie ein Jurastudent, der gerne mit seinem Schwiegervater über französische Rebsorten redete, die er selbst nur aus seinem Weinführer kannte. Und Golf? Oh, wie er es liebte! Dumme Sau. Sah aus wie einer, der Andreas heißt und zu Beginn des Jurastudiums ein »von« für seinen Nachnamen gekauft hat. Dann setzte er sich auch noch schräg gegenüber, was mich wahnsinnig machte. Jedes Mal, wenn ich einen Schluck aus der Flasche trank, schielte er zu mir rüber und hob die Augenbrauen.

Die Flasche war leer, ehe der Zug in Vesterbro ankam. Anstatt in Nørrebro stieg ich dort aus, denn ich hatte das Bedürfnis, etwas zu ändern, und wenn es nur der Heimweg war. Der Wein hatte den Angstanfall entschärft, und ich beschloss, mich bei Bertram zu entschuldigen, sobald sich die Dinge etwas beruhigt hatten. Aber nicht bei Tove. Die Grenze war gezogen, jetzt war es gut.

Emma hatte noch nicht geantwortet.

Obwohl ich schon ziemlich voll war, kaufte ich noch eine Flasche Wein bei Rahin. Er wollte plaudern, aber ich winkte ab. Dann erwog ich, Jakob zu fragen, ob er noch MDMA habe, aber schon eine SMS zu schreiben war mir zu viel. Ich wollte einfach nur alleine sein. Für lange Zeit.

Die Junkies vom Platz hatten schon wieder die Laternen lahmgelegt. Sie warfen immer Fahrradketten über die Leitungen, um einen Kurzschluss auszulösen. Ich fand kaum das Schlüsselloch, und die Taschenlampe am Handy konnte ich auch nicht benutzen, weil der Akku leer war. Ich zuckte zusammen, als plötzlich jemand hinter mir stand und meinen Namen sagte.

»Vitus.«

Es war Emma.

Teil 4

Vom Weltbrand zum Lagerfeuer

Freiheit

»Was machst du denn hier?« Vergeblich bemühte ich mich, nüchtern zu klingen.

Emma trug eine Klappe über dem linken Auge.

»Entschuldige, dass ich nicht geantwortet habe, Vitus.«

Sie wirkte nicht wie sie selbst. Sie lächelte nicht.

»Ich bin ziemlich voll.«

»Ich auch.«

»Willst du mit rauf?«

»Wenn ich darf.«

Ohne ein Wort zu wechseln, gingen wir die Treppe hinauf und in die Wohnung. Ich nahm die Mutterkiste vom Küchentisch und räumte sie in den Schrank mit den Töpfen, bevor ich den Wein öffnete. Emma saß auf den Knien am Boden. Mit dem Daumennagel kratzte sie auf einer Diele herum, bis eine kleine Rille im Holz entstand. Ich stellte einen Aschenbecher neben sie und legte eine CD mit Johnny Cash und Bob Dylan ein. Sie schaute nicht vom Boden auf. Ich weiß nicht, warum, aber ich fing an, Geschirr zu spülen. Erst, nachdem ich auch noch den Kühlschrank ausgemistet hatte, schenkte ich uns zwei große Gläser voll Wein, stellte eins neben Emma und setzte mich. Sie trug eine schwarze Jogginghose und hellrote Socken mit Teddybären.

»Wie bist du hierhergekommen?«

»Mit dem Auto meines Vaters.«

»Bist du nicht zu betrunken zum Fahren?«

»Geht so.« Langsam schüttelte sie den Kopf.

»Na ja, immerhin bist du angekommen.«

Ich mochte die Situation nicht.

»Was ist mit deinem Auge los?«

»Sollen wir Casino spielen?«, fragte sie und sah mich mit diesem Lächeln an, das direkt vor dem Weinen kommt.

»Gute Idee.«

»Du fängst an«, sagte ich, nachdem ich ausgeteilt und Wein nachgeschenkt hatte.

Wir spielten zwei Runden, ohne ein Wort zu sagen oder Punkte zu zählen. Bei der dritten Runde begann Emma zu schniefen und mir kamen die Tränen, aber wir spielten weiter. Nach der dritten Runde ging sie zur Anlage, legte Cat Stevens' *Wild World* ein und drehte auf. In den nächsten Runden lief es auf Repeat, während wir immer weniger auf die Spielregeln achteten.

»Möchtest du eine kleine Abendtour mit mir machen?«, fragte sie nach der sechsten Runde.

Ich nickte, trank aus und wir gingen hinaus zum Auto.

»Wie geht es dir?«, fragte Emma nach einer Weile.

»Super«, log ich. »Und dir?«

»Fine. Fine.«

Auf dem Rücksitz lag eine Flasche Cognac. Ich öffnete sie, nahm einen ordentlichen Schluck und reichte sie Emma. In aller Stille fuhren wir den Strandvejen hinaus. Nicht zu wissen, was Emma mir nicht sagte, machte mich verrückt.

»Ich habe Lust auf Musik«, sagte sie.

»Ich auch.«

Vermutlich war Emma genauso voll wie ich. Auf dem Strandvejen gab es nicht viel, das man hätte rammen können, aber offen gesagt wäre es mir scheißegal gewesen. Ich kannte die CDs im Wagen ihres Vaters nicht und schob die erstbeste ein. Schon bei den ersten Tönen bekam ich einen Knoten im Hals. *Freedom* aus Tarantinos *Django Unchained.*

»Können wir ein bisschen schneller fahren?«

Sie gab Gas, ich schüttete mir Cognac über die Hose.

»Schneller«, sagte ich, und sie gab noch mehr Gas.

Emma hatte Tränen in den Augen.

Von Skovshoved an war unseres das einzige Auto auf der ganzen Straße. Der Tacho zeigte 120, und Emma nahm den Fuß nicht vom Pedal. Ich drehte die Musik noch lauter und nahm ihre Hand. Als wir 150 Stundenkilometer erreicht hatten, konnte ich mich nicht länger beherrschen.

»Mir geht es beschissen, Emma!«, rief ich.

Sie drehte auf Volllautstärke und gab noch mehr Gas, während die Tränen ihre Wangen hinabliefen. Ich umklammerte ihre Hand.

Wir fuhren fast 200, als ich die Anlage ausschaltete und schrie:

»Verdammte Scheiße, hast du mir nichts zu sagen?«

Sie nahm den Fuß vom Gas. Wir sagten noch immer nichts, bis das Auto etliche Hundert Meter weiter stehen blieb. Es war still. Zu still. Wie die Sekunden vor einem Bombeneinschlag.

Emma hielt vier Finger vor den Mund und lehnte den Kopf zurück. Das nervöse Flackern in ihrem Blick war kaum zu ertragen.

Zweimal holte sie Luft, als wollte sie mir etwas sagen, machte eine Atempause und blieb stumm. Vielleicht sollte ich besser abhauen, bevor sie etwas sagte. Ich wollte aus dem Wagen springen und davonrennen.

Schließlich sah sie mich an und fragte:

»Erinnerst du dich an meine Freundin Sofia, die gestorben ist?«

Ich nickte langsam.

»Sie existiert nicht.«

Ich schaute aus dem Fenster.

»Was meinst du damit?«

Sie zog die Handbremse.

»Ich bin es, Vitus. Ich sterbe. Als ich sagte, ich sei in Schweden, war ich im Krankenhaus. Und die Ärzte sagen … ja, sie sagen … Sie geben mir nur noch ein paar Monate. Höchstens.«

Ich sank tief in den Sitz und starrte in den Lichtkegel der Scheinwerfer.

»Nein, Emma. Das kann nicht sein. Du wirst wieder gesund!«

Tränen liefen ihre Wangen hinab, als sie langsam den Kopf schüttelte.

Ich stieß die Tür auf und wandte mich von ihr ab, unfähig, zu denken oder zu sprechen.

»Nein, Emma. Du lügst.«

»EMMA, SAG, DASS DU LÜGST!«

Emma biss sich auf die Unterlippe.

»Das kann ich nicht. Das kann ich nicht, Emma«, sagte ich leise.

Sie versuchte, mich in den Arm zu nehmen, doch ich zog mich zurück und stieg aus. Der Gurt hing noch um meine Schulter, aber ich wand mich heraus. Der Lack fühlte sich kalt an, als ich die Tür zuknallte. Sie sollte mich nicht sehen, deshalb ging ich hinter das Auto. Der Auspuff brummte und die Rücklichter spiegelten sich rot auf meinen Brillengläsern. Ich lief Richtung Hellerup zurück. Erst nachdem ich 167 Bordsteine gezählt hatte, drehte ich mich um. Sie stand noch immer dort, aber ich zählte weiter. Die Laternen waren wie riesige Nägel, die jemand in den Asphalt gehauen hatte. Auf der anderen Straßenseite ging ein Mann mit seinem Hund. Er bückte sich, um die Hundescheiße aufzusammeln. Er hatte O-Beine. Er ging nur spazieren. Mit seinem Hund. Zwischen Nägeln, Meer und Vergänglichkeit. Die Baumkronen sahen aus wie Wellen, die vorbeifahrenden Autos wie Fähren, und plötzlich wusste ich nicht mehr, wo ich war oder warum ich hier herumlief. War das wirklich Dänemark oder war es ein Albtraum? Ich nahm mein Telefon und wollte meine Mutter anrufen und um Hilfe bitten, aber ich wusste nicht mehr, wie es funktionierte. Es war kein Angstanfall, sondern ein ganz grundlegender Zweifel, ob ich überhaupt existierte und wenn ja, wo.

Ich musste mich beherrschen, nicht in den Wald zu gehen und mich zu erhängen.

Noch einmal drehte ich mich um. Bestimmt würde der Wagen weg sein. Bestimmt würde Emma weg sein. Der Tau lag wie matter Lack auf dem Radweg. Der Wald und das Meer zogen mich an. Sie zerrten abwechselnd an mir und ließen mich taumeln. Es roch nach Krabben und ich wollte ein Lied summen, das meine Mutter immer gesungen hatte, wenn ich nicht schlafen konnte. Aber aus meinem Mund kamen nur merkwürdige Knacklaute.

Mir war klar, dass ich Emma zum letzten Mal gesehen hatte.

Wenige Hundert Meter vor Hellerup sackten mir die Beine weg.

Weltbrand

Der Brand kam wie ein Sturm. Der Wind trug das Feuer heran und blies es in sämtliche Ritzen, Öffnungen, Pflanzen, Steine, Stoffe, Fasern und Zellen. Alles stand in Flammen, und ich dachte nur daran, wo ich mehr Benzin bekommen könnte. Ich war so wütend auf die Welt, das Leben und alle, die daran teilhatten, dass ich nichts außer den Flammen sah. Ich konnte weder an Emma noch an Sara oder meine Mutter denken. Nur die Flammen! Ich war das Opfer, das Leben war der Vergewaltiger, und alle Menschen waren seine Freunde. Sie sagten, eigentlich sei er ein netter Kerl und habe mich bestimmt nicht absichtlich in einen Schacht gezogen, halb totgeprügelt und mit einem Lächeln auf den Lippen durchgefickt, bis ich meinen Namen nicht mehr wusste. Ich wollte sie alle brennen sehen. Die Kassiererin im Supermarkt, die drei Minuten und siebzehn Sekunden brauchte, um eine neue Bonrolle einzulegen, damit irgendein Zettel besagte, dass man genug Essen gekauft hatte, um einen weiteren Tag in der Hölle zu überleben. Fuck her! Und fuck den Busfahrer, der den ganzen Weg von der Elmegade bis Nørreport dämliche Witze riss, und fuck alle Halblebenzombieschweine, die sich auf die Schenkel klopften, weil er ach so witzig war und sie nichts Besseres zu tun hatten, als gleich auf Facebook davon zu berichten, um mindestens 42 Likes zu bekommen und die Illusion zu schüren, dass sie irgendjemandem etwas bedeuteten und ihr Leben einen Sinn hatte. Fuck Likes, fuck Facebook und fuck den Sinn. Wir wurden einzig und allein geboren, um zu sterben und Dünger für die Bäume abzugeben, die mit ihrer Fuck-Photosynthese genug Sauerstoff produzierten, um das Leid für die kommenden Generationen zu verlängern. Alles andere zwischen Geburt und Tod war nur ein elender Zeitvertreib, der dazu diente, von dem einen, Offenbaren abzulenken, nämlich dass die Welt in Flammen stand. Und fuck Sara dafür, dass sie ein Kind in den Brand setzte, und fuck meine Mutter dafür, dass sie sich ohne uns davongestohlen hatte, und fuck den Brand, weil er Emma nicht verschonte. Alle wollten das Leben aufrechterhalten, fuck them. Alle, die eine Funktion hatten, und alle, die keine hatten, denn nur durch sie erkannte man die Funktion der ersten. Fuck Müllmänner, Lehrer, Ärzte, die Trinker auf dem Platz, Barkeeper, Autoverkäufer. Ich wollte sie alle brennen sehen. Wollte auf meinem Balkon sitzen und zusehen, wie Straßen niederbrannten, als wären es Zuckerrohrfelder, wie Hubschrauber explodierten und abstürzten, wie Menschen schrien, weil Flammen aus ihren Schädeln schlugen, wie Klarinetten mit Feueratem schräge Sonaten quäkten, wie die Welt mit Millionen Vulkanausbrüchen ihr Herz ausleerte.

Ich weiß nicht, ob jemand in diesen zwei Wochen versucht hat, mit mir Kontakt aufzunehmen, denn ich konzentrierte mich darauf, zu trinken. Mit einer Flasche nach der anderen saß ich auf dem Balkon und wartete darauf, dass die ganze Scheiße nur noch ein Häuflein Asche wäre.

Doch das Einzige, was zu Asche wurde, waren die zwei bis drei Päckchen Zigaretten, die ich täglich rauchte. Das Feuer, der Zorn und der Hass wurden so banal, dass sie am Ende kaum noch existierten.

Nach den Feuern kommt die Dunkelheit.

Na und?

Ich würde nicht sagen, dass die Dunkelheit mich quälte. Sie war gleichgültig. Ich war weder traurig noch froh, weder wütend noch verängstigt. Mir war einfach alles scheißegal. Nichts war von Bedeutung, nichts bewegte mich. Aufstehen, Kater, Aspirin und ein Thunfischsandwich ohne Thunfisch zum Frühstück, per SMS gefeuert, weil ich nicht zu meinen Schichten im Café kam, pinkelte auf dem Klo daneben, kein Shampoo mehr, Tiefkühlpizza und Bier zum Frühstück, begann zu onanieren, wurde aber nicht fertig. So verstrichen die Tage. Ich schlief ohne Bettzeug, weil ich keinen Sinn darin sah, das Bett neu zu beziehen, nachdem ich Rotwein über das Laken geschüttet hatte. Einmal versuchte ich es mit MDMA, aber es löste einen Angstanfall aus, also trank ich weiter. Warum sollte ich auch aufhören? Wir waren doch alle auf Drogen. Manche joggten, aßen gesund und gingen in Aktienkursen auf, andere meditierten, waren Veganer und lasen Selbsthilfebücher, wieder andere rissen sich täglich den Arsch auf, schlugen ihre Frau und kauften sich Paläste in Marokko. Ich trank, doch das Ziel war ein und dasselbe: die verdammte Gleichgültigkeit der Welt zu vergessen. So würde ich nicht alt werden, aber wozu auch? Alle verschwendeten ihr Leben darauf, alt zu werden, und wussten nicht wirklich, warum. Mir war es vollkommen egal. Sogar, dass meine Mutter tot war, war mir egal. Sie war nur ein Mensch, ein sterbliches Tier, na und?

An einem Dienstag Anfang November schrieb Sara, sie habe ein Kind geboren. Ein Mädchen. 3,4 Kilo. Gesund und munter, bereit fürs Leben. *Na und,* dachte ich und ging auf pornhub.com. Ich las ein paar Artikel über Evolutionsbiologie, was mich auch nicht weiterbrachte. Ein Wissenschaftler meinte, dass wir in wenigen Millionen Jahren ein Extraglied am Daumen haben würden, wenn wir weiterhin Smartphones benutzten. Das sagte eigentlich alles.

Mads klingelte jeden Tag bei mir. Einmal kam er ins Treppenhaus und klopfte an meine Tür. Er wisse, dass ich da sei, rief er durch den Briefschlitz, und wolle nur hören, ob alles okay sei. Es war nicht das erste Mal, dass ich abtauchte, aber das erste Mal, dass er es nicht respektierte.

Er fing mich im Supermarkt ab, als ich gerade überlegte, ob ich tiefgekühlte Schinkenquiche oder Fleischbällchen in Curry aus der Dose kaufen sollte. Er musste mir gefolgt sein.

»Was ist los mit dir, Vitus?«, fragte er.

»Nichts. Ich brauche nur ein bisschen Platz«, sagte ich und ging zu den Weinen.

Er folgte mir.

Ich legte zwei Flaschen in den Korb.

»Wie wär's mit Apfelsaft und Mineralwasser?«, fragte er.

Ich antwortete nicht.

»Soll ich dir heute Abend ein Risotto kochen?«

Ich spürte seine Hand auf meiner Schulter und schüttelte ihn ab.

»Mads, das geht schon. Ich brauche nur Platz, okay?« Ich zog eine Tüte Chips aus dem Regal und ging zur Kasse.

Er stand ohne ein Wort neben mir in der Schlange, was mich wütend machte. Als wollte er mich überwachen. Ich bezahlte und ging heim. Ich wollte die Tür rasch hinter mir zuschlagen, aber er war schneller und schlüpfte ins Treppenhaus.

»Mads, kannst du mich nicht in Ruhe lassen?«

»Ich will nur kurz mit dir reden.«

Reden, reden, immer nur reden. Fuck. Ich stellte die Einkaufstüte vor die Tür und drehte mich um.

»Dann rede!«

»Ich weiß, wie schwer du es hast.«

»Gratuliere.«

»Vitus, verdammt. Du bist mein bester Freund. Ich kann nicht einfach zusehen, wie du dir das antust.«

»Wie ich mir *was* antue, Mads?«

Er seufzte.

»Du säufst dich halb tot und kehrst einem Mädchen, das du liebst und das bald sterben wird, den Rücken.«

Ich schüttelte den Kopf und versuchte, die Puzzleteile zusammenzusetzen. Ich hatte Mads nichts von Emmas Krankheit erzählt.

»Woher weißt du das?«

»Ich kenne dich, Vitus. Und wenn du ewig nicht antwortest, muss wohl irgendwas Schlimmes passiert sein. Deshalb habe ich Emma geschrieben. Weil ich mir verdammt nochmal Sorgen um dich mache.«

Es war das erste Mal seit einem Monat, dass ich etwas fühlte. Ich fühlte den Drang, ihm die Zähne auszuschlagen. Ich hatte keine Ahnung, was ich tun oder sagen sollte, und er redete immer weiter.

»Vitus, so bist du immer, wenn es gegen dich läuft! Du klemmst den Schwanz ein und haust ab, wie ein kleiner, dummer Hund. Seit dem Selbstmord deiner Mutter hast du die Hosen voll, wenn es ernst wird. Sobald dir jemand viel bedeutet, verpisst du dich. Das kann ich gut verstehen, aber jetzt musst du damit aufhören! Das Kind. Emma. Wenn du weiter so viel Schiss vorm Leben hast, wird es verdammt langweilig. Das sag ich dir als Freund, weil ich dich liebe.«

»Zieh meine Mutter nicht da rein und lass Emma in Ruhe«, sagte ich und drückte den Zeigefinger drohend auf seine Stirn.

Er hatte Angst, das sah ich.

»Du bist ein Feigling, Vitus. Schlag mich ruhig, wenn du nicht anders kannst, aber das ist die Wahrheit …« Weiter kam er nicht. Der erste Schlag traf ihn mitten ins Gesicht, der zweite in den Bauch.

Mads taumelte rückwärts gegen die Wand, Blut tropfte von seiner Lippe. Zuerst sah er wütend aus, und ich war bereit, noch mehr auszuteilen, wenn er sich prügeln wollte. Doch dann hob er die Augenbrauen, wandte sich mit einem Kopfschütteln ab und ging die Treppe hinunter.

»Komm bloß nicht wieder!«, rief ich ihm hinterher.

In der Wohnung zerschmetterte ich vier Gläser. Dann machte ich den Herd an und öffnete eine Flasche Wein.

Bertram und das Lagerfeuer

An einem Donnerstag Mitte November bekam ich einen Heulkrampf, weil ich keine passenden Socken fand. Es war das Wichtigste der Welt. Ich lag nicht auf dem Bett und heulte, weil mein Leben verpfuscht war, sondern mein Leben war verpfuscht, *weil* ich sie nicht fand. Wenn ich nur ein passendes Paar hätte, wäre alles wieder gut, dachte ich, als das Telefon klingelte. Es war Bertram. Ich schaltete auf lautlos und kratzte mich im Schritt. Er rief noch einmal an, und ich stellte wieder den Ton ab. Kurz darauf klingelte es erneut. Dreimal hintereinander hatte er noch nie angerufen. Vielleicht war irgendwas passiert. Vielleicht brauchte er Hilfe.

»Vitus hier.«

»Hej, Vitus. Ich bin's, Bertram.«

»Hej, Bertram.«

»Hej, Vitus.«

Einen Augenblick war es still.

»Was ist?«

»Ich stehe mit dem Auto vor deiner Tür.«

»Warum?«

»Ich habe zwei Kästen Bier und eine Lammkeule im Kühlschrank. Und Tove ist das ganze Wochenende in Berlin.«

»Okay«, sagte ich.

»Ich dachte, wir könnten vielleicht ein Männer-Wochenende zusammen verbringen.«

Das hatten wir noch nie getan.

»Hat Mads dich angerufen?«

»Ja.«

Zwei bis zehn Sekunden Stille.

»Ich habe extra die Standuhr auf den Dachboden gestellt«, sagte er schließlich.

Ich setzte mich auf.

»Können wir ein bisschen Holz hacken, wenn ich Ja sage?«, fragte ich.

»Ich habe schon alles bereitgestellt und eine zweite Axt gekauft«, antwortete er.

Ich dachte kurz nach. Draußen hörte ich den Motor seines Autos. Holzhacken würde mir wirklich guttun – draufschlagen, etwas kaputtmachen.

»Okay. Ich zieh mich an und komme runter.«

Er umarmte mich, als ich einstieg.

»Tut mir leid wegen neulich.«

Er zuckte nur mit den Schultern.

»Schon gut. Jeder hat mal einen schlechten Tag«, sagte er, und wir sprachen nicht mehr darüber.

Bertram legte John Coltranes *Blue Train* ein. »Kennst du die Platte?«

»Ja. Hörst du wieder Musik?«

Der größte Teil des Tages verging mit Holzhacken und Biertrinken, ohne dass wir groß redeten. Wir hatten die Anlage nach draußen gestellt und legten abwechselnd Musik auf. Es war ein warmer Tag, und für alle Fälle hatten wir schon die Gasheizung bereitgestellt. Ein Stück Holz war so hart, dass es sich nicht spalten ließ, sosehr wir es auch versuchten. Wir wollten es um jeden Preis kleinkriegen, weshalb Bertram die Motorsäge holte, doch ihr Tank war leer und wir hatten kein Benzin mehr. Wir radelten mit einem Kanister zur Tankstelle, und als Bertram bezahlte, bat er um ein Päckchen rote Cecil und fragte, ob ich auch Zigaretten wolle.

Nachdem wir das Holz in Stücke gesägt hatten, machten wir einen Spaziergang im Wald und sammelten trockene Zweige für ein Lagerfeuer. Plötzlich kamen mir die Tränen.

»Das erinnert mich an Emma. Wir haben auch einmal Zweige für ein Feuer gesammelt.« Bertram nickte und nahm mich in die Arme.

Die Sonne ging unter, und wir stellten fest, dass wir zu hungrig waren, um die Lammkeule zuzubereiten, also bestellten wir Pizza. Nach dem Essen holte ich mein altes Luftgewehr und entfachte das Feuer. Während ich Zeitungspapier zusammenknüllte, stellte Bertram ein paar leere Konservendosen auf einer Bank auf. Es waren italienische Tomatendosen aus seiner kostbaren Sammlung, was mich rührte. Außerdem holte er ein Verlängerungskabel und einen Projektor, mit dem er die Dosen anleuchtete. Ich holte zwei Schlafsäcke aus der Kiste über der Treppe, und wir machten es uns auf Gartenstühlen am Feuer gemütlich.

Jeder bekam abwechselnd fünf Schuss. Ich traf mehr Dosen, aber er traf als Erster mitten in ein O auf dem Schriftzug *Pomodoro*.

Lange hörten wir schweigend dem Brüllen des Feuers zu, dem Brummen und den kleinen Explosionen, wenn die Flammen sich in die Holzscheite fraßen. Ich stand auf und pinkelte an einen Baum, und als ich zurückkam, saß Bertram aufrecht und konzentriert im Stuhl und zielte mit feuchten Augen auf die Dosen. Er traf, senkte das Luftgewehr und sah mich an.

»Sie starb an Blutverlust«, sagte er.

Er schoss noch einmal und reichte mir das Gewehr, dann zündete er uns zwei Zigaretten an und ließ eine Bleikugel in der hohlen Hand rollen.

»Ich habe es dir nie erzählt, aber es war ihr dritter Selbstmordversuch.« Bertram sank tief in den Stuhl.

»Sie hatte seit einem halben Jahr unter schweren Depressionen gelitten. Das war, als würde sie von innen aufgefressen. Manchmal wurde sie wahnhaft und wusste nicht mehr, was sie tat. Erinnerst du dich, als sie mit Dorthe auf Teneriffa war und wochenlang wegblieb, weil der Flughafen dort geschlossen war?«

Ich nickte.

»Sie war nicht mit Dorthe im Urlaub. Sie war in der psychiatrischen Klinik, weil sie ein halbes Glas Pillen geschluckt hatte.«

Ich trank eine halbe Flasche Bier in einem Zug und lud das Luftgewehr. Ein Jahr nach ihrem Tod hatte ich durch Googeln herausgefunden, dass der Flughafen von Teneriffa nie geschlossen war. Aber ich hatte nie nachgehakt. Wahrscheinlich, weil ich wusste, was geschehen war. Kinder spüren vieles. Ich erinnere mich noch, wie sie heimkam.

Sie war nicht braun, sondern leichenblass. Das Wetter sei schlecht gewesen dort unten, sagte sie, und ich antwortete, das sei wohl nicht ungewöhnlich für Teneriffa um diese Jahreszeit, obwohl ich nicht einmal wusste, wo Teneriffa lag. Sie sollte sich nicht unnormal fühlen.

Bertram warf ein paar Scheite ins Feuer.

»Und als wir beide zu Großvater ins Sommerhaus mussten?«, fragte ich leise.

Bertram nickte. »Das war kurz vor Oktober 2006. Damals wurde es zu viel für mich. Ich hatte den Punkt erreicht, an dem sie mir nicht mehr leidtat. Ich war einfach nur wütend«, sagte er, und aus dem Augenwinkel sah ich, wie er das Gesicht verzog.

Ich ging zur Terrasse und startete die Coltrane-CD von vorn.

»Ich weiß nicht, Vitus. Ich hatte das Gefühl, dass sie uns verlassen wollte. Ich konnte nicht verstehen, dass sie krank war. Für mich gab es nur unsere Familie, und alles, was sie sagte und tat, hing mit uns zusammen. Aber so war es nicht. Wir waren nicht schuld. Es lag daran, dass sie als Kind im Stich gelassen und missbraucht worden war. Daher rührte ihre Krankheit, und ich habe es einfach nicht verstanden. Sie versuchte, es mir zu erklären, aber es ging nicht in meinen Kopf.«

Ich gab ihm das Luftgewehr, er versuchte es zu laden, doch dann legte er es sich über die Knie.

»Ich wusste, dass sie ihre Pillen nicht nahm. Jeden Abend, wenn sie eingeschlafen war, zählte ich sie. Manchmal sah ich, dass sie nur so tat, als würde sie schlafen. Sie wusste, dass ich die Pillen zählte, und ich wusste, dass sie es wusste –

und das wusste sie wahrscheinlich auch. Nur so konnte ich ihr sagen, dass ich sie liebte. Indem ich Nacht für Nacht im Bad stand und dumme Pillen zählte. Aber ich tat nichts dagegen. Sagte nie, dass sie ihre Medizin nehmen sollte. Es war ihre Methode, um Hilfe zu rufen. Sie hatte die Packung selbst vor den Spiegel gestellt.«

Bertram machte eine Pause.

»Aber ich bildete mir ein, dass sie es irgendwie unter Kontrolle hatte. Dass es ihr lieber war, wenn ich mich da nicht einmischte. Ich redete mir ein, dass mein Schweigen eine Liebeserklärung war, und wollte zeigen, dass ich ihr vertraute. Ich habe mich selbst belogen.«

Bertram machte eine nervöse Bewegung und ich rückte näher an ihn heran und legte die Hand auf seinen Arm.

»Ein halbes Jahr habe ich kaum geschlafen, Vitus. Ich lag mit geschlossenen Augen im Bett und lauschte. Wollte nicht verpassen, falls sie aufstand. Den Schlüssel zum Bad hatte ich weggeworfen, und wenn sie zur Toilette ging, hielt ich die Luft an, um alles zu hören. Damit sie keine Dummheiten machte. Wenn wir nicht zusammen waren, rief ich sie alle halbe Stunde unter irgendeinem Vorwand an. Wo ist das Waschpulver, was hat dein Vater damals bei unserer Hochzeit noch einmal gesagt, kennst du dieses oder jenes Lied – keine Frage war mir zu peinlich. Sie wusste sowieso, warum ich wirklich anrief. Ich schämte mich so, dass ich absichtlich Rotwein auf mein Hemd schüttete, damit ich sie fragen konnte, wie man den Fleck wegkriegt, und sie später sehen würde, dass es kein Vorwand gewesen war. Einmal hätte ich selbst fast ein halbes Glas Pillen geschluckt, um ihr zu zeigen, wie sich das für den Partner anfühlt, aber du hast mich davon abgehalten. Deine Mutter und ich wussten beide, dass es so nicht weiterging, aber wir konnten nicht anders. Es waren Rituale. Wir haben uns an die Illusion geklammert, dass alles wieder gut würde. Ich hatte Angst, auch um dich. Du solltest gar nicht erst auf die Idee kommen, dass sie dich verlassen könnte. Uns beide.«

Bertram lud das Gewehr und schoss eine Dose um. Ich schwieg. Dachte nur an meine Mutter. Und an Emma.

»Irgendwann hatte sie es satt, dauernd von mir überwacht zu werden. Du hast damals bei Mads übernachtet. Ich würde sie immer nur verdächtigen, hat sie gesagt, und wir haben heftig gestritten. Sie behauptete, sie würde mich nicht mehr lieben. Es war am Nachmittag des 16. Oktober. Sie weinte und ich schrie sie an. Ich weinte und sie schrie mich an. Dann hat sie gesagt, sie wolle nicht mehr leben. *Ich habe keine Lust mehr*. Es war so still, nachdem sie das gesagt hatte. Ich hab es einfach nicht mehr ausgehalten.«

Bertram kamen die Tränen.

Ich warf mehr Holz ins Feuer.

»Vitus, ich habe Angst, dass du mir nicht verzeihst.« Er schluckte trocken.

»Ich antwortete, dass ich auch nicht so weiterleben wolle, stand auf und ging in den Wald. Ich bin einfach abgehauen!«

Als Bertram meine Hand nahm, weinten wir beide.

»Ich habe deine Mutter wirklich geliebt, Vitus, aber ich war noch nie so wütend. Ich fühlte mich wie ein Versager und dachte, sie wolle mir die Schuld dafür geben, dass sie keine Freude mehr am Leben hatte. Dabei hatte sie schon psychische Probleme, als ich sie kennenlernte. Aber ich verstand sie nicht und konnte ihr nicht helfen. Und wenn ich es versuchte, kniff sie mir nur in die Wange und sagte, das sei nicht der Grund, weshalb wir zusammen wären. Ich hätte gar nichts tun können, verstehst du? Vielleicht, weil ich mir nicht einmal selbst helfen konnte. Dass sie sterben wollte, war die schwerstmögliche Niederlage. Das war mein Versagen. Ich habe viele Jahre gebraucht, um einzusehen, dass ich nicht auf sie wütend war, sondern auf mich selbst. Weil ich versagt hatte.«

Wir zündeten uns jeder eine Zigarette an. Bertram ging ins Haus und kam mit zwei Gläsern und einer Flasche Whisky zurück. Seine Augen waren wieder trocken. Er schenkte mir ein, aber ich trank nicht.

»Ich weiß nicht, wie lange ich im Wald war. Minuten oder Stunden, keine Ahnung. Jedenfalls war es dunkel, als ich zurückkam. Und still. Es war so still, dass ich sofort wusste, dass etwas nicht stimmte. Im Wohnzimmer war alles wie vorher. Ich höre mich noch nach ihr rufen, während ich von Zimmer zu Zimmer laufe. Es klang wie die Stimme eines anderen … Sie war im Badezimmer.«

Ich nahm das Luftgewehr und lud und schoss und lud und schoss und lud und schoss, bis das Magazin leer war. Dann warf ich das Gewehr ins Feuer und leerte mein Glas in einem Zug.

»Was hat Mutter im Bad gemacht?«

»Willst du das wirklich hören, Vitus?«

Das Gesicht in den Händen, nickte ich.

»Sie lag in der Wanne, die sie selbst bemalt hatte. Alles war voll Blut.«

Bertram schüttelte den Kopf.

»Ich habe sie aus der Wanne gehoben und an mich gedrückt. Ich glaube, dass sie mich auch noch umarmt hat, Vitus. Ich hab ihr noch ins Ohr geflüstert, dass ich sie liebe.«

Wir drückten einander fest die Hände.

»Sie hatte sich mit einer Rasierklinge die Pulsadern aufgeschnitten … Warum habe ich nicht gleich einen Krankenwagen gerufen, anstatt sie herauszuheben? Vielleicht hätte sie das retten können. Warum bin ich überhaupt in den Wald gegangen, und warum habe ich nie etwas wegen der Pillen gesagt? Warum habe ich sie nie gefragt, was ich für sie tun könnte? Ob es vielleicht an mir lag? Vielleicht war es wegen der ständigen Anrufe oder weil ich etwas Falsches gesagt hatte? Vielleicht wäre sie heute noch am Leben, wenn wir uns nie kennengelernt hätten.«

Wir saßen lange am Feuer, bevor ich das Schweigen brach.

»Ich bin dir nicht böse«, sagte ich und sah, dass auch Bertram wieder die Tränen kamen.

Abwechselnd warfen wir Holzscheite in die Flammen, als fürchteten wir, dass unser Gespräch mit dem Feuer erlosch.

»Das Ticken der Standuhr erinnert mich an deine Mutter, die in der Küche mit dem Kugelschreiber klickt, während sie überlegt, was auf den Einkaufszettel soll. Weißt du, wie oft ich nachschaue, ob sie nicht doch dort steht. Die Stimme von Eik Skaløe erinnert mich an sie in Unterwäsche. Benzin erinnert mich daran, dass sie den Geruch nicht ausstehen konnte. Jede Rasur erinnert mich an den 16. Oktober. Die Nacht erinnert mich an ihren Atem und der Tag an ihr Haar. Das Gefühl von Wasser auf dem Rücken erinnert mich an ihr Blut. Der Wind erinnert mich daran, wie sie mir ins Ohr pustete, wenn sie mich morgens weckte. Meine Hose und mein Hemd erinnern mich daran, wie sie sonntags immer meine Klamotten trug. Milch erinnert mich daran, wie sehr sie dich liebte. Alles Rote erinnert mich daran, dass sie uns verlassen hat, und die Badewanne erinnerte mich daran, dass es für immer war. Alles erinnert mich an deine Mutter und daran, wie sehr ich sie vermisse. Wie sehr ich sie liebe und wie gerne ich nur ein letztes Mal ihre Stimme hören und ihre Haut fühlen würde. Ich sehe sie täglich im Wald, auf der Straße, in Filmen und Träumen.«

»Ich auch«, schluchzte ich. »Manchmal sehe ich sie an der Hareskov-Station.«

Bertram nickte.

Wir sagten lange nichts und ich heulte wie ein Schlosshund.

»Verlust und Trauer tun verdammt weh.« Bertram warf einen Scheit ins Feuer, drehte sich um und sah mir in die Augen.

»Aber weißt du, was am meisten wehtut?«

Ich schüttelte den Kopf.

»Dass ich ihr im letzten halben Jahr nicht in die Augen gesehen und sie nachts nicht in die Arme genommen habe.

Wahrscheinlich hätte sie es trotzdem getan. Aber ich war nicht für sie da, als sie mich brauchte. Ich war ein Feigling. Ich hielt Abstand, weil ich Angst hatte, verletzt zu werden. Das bereue ich mehr als alles andere. Dass ich ihr den Rücken gekehrt habe.«

Wir starrten schweigend ins Feuer, das langsam niederbrannte.

Teil 5

Auferweckung

Passende Socken

Das erste Mal wachte ich auf, weil ich mir den Arsch abfror. Bertram lag im grünen Schlafsack auf dem Stuhl neben mir. Ich holte zwei Decken und breitete die eine über ihn, wickelte mich in die andere und legte mich wieder auf den Gartenstuhl. Bald ging die Sonne auf und ich sah die rußgeschwärzten Metallteile des Luftgewehrs in der immer noch schwelenden Glut.

Ich erinnerte mich an jedes einzelne Wort, das in der Nacht gefallen war. Schaute in den Himmel und spielte Bertrams Worte wieder und wieder in meinem Gedächtnis ab. Die Vögel sahen wie kleine, unbemannte Bombenflugzeuge aus, der Wald roch nach Moder, und zum ersten Mal seit sehr langer Zeit fühlte ich mich ruhig. Irgendwann ging ich ins Haus, um Kaffee für mich und Bertram zu kochen. Ehe das Wasser kochte, war ich auf dem Sofa eingeschlafen.

Das zweite Mal wachte ich auf, weil Bertram grunzte, sich neben dem Sofa auf den Boden legte und in die Decke einwickelte. Ich dachte noch, dass wir mehr Freunde als Familie waren, dann schlief ich wieder ein.

Das dritte Mal wachte ich auf, weil Bertram eine Tasse Kaffee auf den Kacheltisch neben dem Sofa stellte. Ich setzte mich auf, trank einen Schluck und fragte, ob es im Kühlschrank Mineralwasser gebe. Er sagte Ja.

»Bertram?«, rief ich in die Küche, wo er Spiegeleier briet.

»Ja?«

»Ich habe ein Kind.«

Kurze Pause.

»Ich weiß.«

Er kam mit zwei Tellern herein. Auf meinem lagen drei Spiegeleier, auf seinem zwei. Wir aßen schweigend.

»Fährst du mich?«, fragte ich nach dem Frühstück.

»Klar«, sagte er und trank einen Schluck Orangensaft. Er fragte nicht, wohin.

Ich nahm ein Bad und lieh mir ein Paar Socken von Bertram, bevor wir uns ins Auto setzten.

»Wo wohnt Emma?«, fragte er.

Wie konnte er wissen, wohin ich wollte? Das kam wohl mit dem Alter, dass man Dinge wusste, ohne groß darüber zu reden. Ich gab ihm die Adresse und legte eine CD mit Johnny Cash und Bob Dylan ein.

Wir fuhren zwischen nackten Feldern hindurch und ich ließ das Fenster ganz herunter und atmete tief. Ein paar Mal fragte ich Bertram, ob wir nicht umdrehen könnten, und er hielt an, drehte sich zu mir um und sah mich an, geduldig, bis ich nickte und wir weiterfuhren.

Emma war nicht zuhause, aber im Online-Adressbuch fand ich die Adresse ihrer Eltern in Humleby. Direkt hinter der Carlsberg-Brauerei lag die Siedlung aus hübschen, kleinen Häusern, die mich an Kartoffelreihen erinnerten. Als wir vor dem Haus mit der Backsteinfassade parkten, stand ich kurz vor einem Angstanfall. Ich steckte die Hände fest in die Hosentaschen, um das Zittern zu verbergen.

»Sie ist bestimmt schon tot«, sagte ich zu Bertram, und meine Stimme klang, als würde ich über die Öffnungszeiten eines Supermarkts sprechen.

Da tauchte Emma hinter einem Fenster im ersten Stock auf. Ich hielt es in meinem eigenen Körper nicht mehr aus und wünschte, Bertram würde den Motor anlassen und uns von dort wegfahren. Weit weg. Bertram nickte, als könnte er in mich hineinsehen. Mit einem Mal ging mir auf, dass dies nicht über Nacht gekommen war, sondern dass er es immer vermocht hatte. Er musste gewusst haben, wie sehr ich ihn brauchte.

»Siehst du mich, Bertram?«

Sein Brustkorb hob und senkte sich langsam, und er nickte. Sein Blick war wie ein Faustschlag ins Gesicht.

»Warum bist du nicht für mich dagewesen? Warum hast du mich nicht gerettet? Warum hast du mir nicht früher gesagt, wie sie sich umgebracht hat?«

Er zündete den Motor und löste die Handbremse.

»Willst du jetzt zu Emma oder nicht?«, fragte er bestimmt, fast wütend, und legte den ersten Gang ein.

Ich schüttelte den Kopf und er fuhr an.

»Ich konnte nicht, Vitus, ich war am Boden zerstört. Ich war schwach. Nicht so schwach wie du jetzt, aber schwach«, sagte er arrogant.

Ich riss die Handbremse hoch, öffnete den Gurt und stieg aus. »Fick dich, Bertram«, rief ich, bevor ich die Tür zuknallte. Ich sah, dass er ein Lächeln unterdrückte, als er wieder anfuhr.

Ich spuckte dreimal aus, dann ging ich zu dem kleinen Gartentor. Der flache Messinggriff war ganz weit weg, am Horizont, wie in den Träumen, in denen man läuft und läuft, seinem Ziel aber nicht näher kommt. Auf den paar Metern vom Tor zur Haustür war alles wieder da. Ich dachte an meine Mutter, das Meer, Lissabon, Emma, den Badesteg, an einen meiner Lehrer, an Sara, das Kind, Bertrams Motorsäge, Mads und den Tag, an dem meine Mutter begraben wurde. Nachdem ich geklingelt hatte, wollte ich mich umdrehen und wegrennen, aber Bertrams Worte im Auto hielten mich zurück. Ich holte tief Luft. Ein Mann öffnete die Tür. Ich sah sofort, dass es ihr Vater war.

»Ist Emma da?« Meine Stimme zitterte.

Anstatt zu antworten, trat er zwei Schritte näher, und für einen Augenblick dachte ich, er wollte mich schlagen. Doch er legte die Arme um mich und drückte mich fest an sich.

»Hej, Vitus«, sagte er, rief Emma und verschwand im Haus.

Emma kam die Treppe herab, und ich konnte die Tränen nicht zurückhalten. Sie war so schön mit ihrem verwuschelten Haar, noch im Pyjama. Ich hatte Lust, sie zu inhalieren, trat ein, nahm sie in die Arme, weinte, lachte, weinte, lächelte, küsste, umarmte, fühlte, schnupperte.

»Jetzt bin ich hier, Emma. Ich bin bei dir, wenn ich darf«, flüsterte ich ihr ins Ohr und sog den Duft ihrer Haare tief in meine Lungen.

Auch Emma weinte.

»Ich brauche dich so sehr, und ich liebe dich so sehr. Ich brauche dich so sehr, Vitus.«

Der Tag neigt sich dem Ende

Emma schlief jede zweite Nacht bei mir. Wenn wir uns trafen, gingen wir meistens spazieren und sprachen nicht über ihre Krankheit. Dann gingen wir ins Café, spielten Casino und sagten kein Wort dazu, dass ich Vater geworden war. Später, im Kino, unterhielten wir uns nicht über den Selbstmord meiner Mutter. Wir aßen in Restaurants, ohne zu erwähnen, dass Geld keine Rolle spielte, wenn man todkrank war. Am Abend aßen wir Schokolade, liebten uns und ließen ungesagt, dass wir keinen Alkohol tranken, weil wir klar im Kopf bleiben und uns an jede Minute erinnern wollten, die wir zusammen verbrachten. Obwohl Emma es wusste, sprachen wir auch nicht darüber, dass ich kein Auge zutat, wenn sie bei mir schlief, weil ich jeden ihrer Atemzüge hören wollte. Ich verriet ihr nicht, dass ich die Hand auf ihren Kopf legte, wenn sie eingeschlafen war, um sie zu heilen. Ich atmete tief ein und stellte mir vor, dass ich den Krebs aus ihrem Kopf saugte. Wenn ich ausatmete, kamen die bösen Krebszellen mit heraus. Jede Nacht verbrachte ich Stunden mit diesem Ritual. Wenn Emma sagte, sie würde ihre Großmutter besuchen, wusste ich, dass sie ins Krankenhaus musste, und mich wollte sie nicht dabeihaben.

Nie war ich so unglücklich glücklich wie in dieser Zeit. Alles war bedeutsam, alles scharf umrissen. Ich bewegte mich in dem seltsamen Spannungsfeld zwischen größter Traurigkeit, Angst, Dankbarkeit und Glück. Nichts war mir egal, es gab kein einfaches »Okay«. Gleichgültigkeit war ein Fremdwort, jedes noch so kleine Detail und jeder Zufall zählte. Es gab nur Entweder-oder. Zusammen mit Emma war es Entweder, ohne sie war es Oder.

Die Geschichten halfen uns. Jeden Tag schickte entweder sie mir oder ich ihr eine Geschichte. Darüber lachten und redeten wir, wenn wir die Stille nicht ertrugen. Und allein zuhause vertieften wir uns ins Schreiben, wenn wir die Gedanken nicht ertrugen.

»Wenn die Wirklichkeit wehtut, sind Träume wichtig«, sagte Emma eines Abends vor dem Einschlafen.

Obwohl wir nur kleine Geschichten erfanden, wurden sie für uns wirklich. Wir erlebten sie gemeinsam, waren Zeugen, Chronisten oder Hauptfiguren. Oft handelten sie von Dingen, die wir in der Realität nicht mehr zusammen erleben würden – was natürlich keiner von uns zugab: Reisen, Segeltouren, Abenteuer und andere lustige Erlebnisse. Unsere Geschichten waren Wellenbrecher vor der Wirklichkeit. *Und wenn wir es mit einem chinesischen Wunderheiler versuchen?*, dachte ich und sprach über die Geschichte mit dem Wunschbaum. *Vermisst du deine Mutter?*, dachte sie und sprach über die Geschichte mit Mario und den Petanquekugeln. Es war keine glückliche Lösung, aber das Beste, was wir tun konnten.

Ich liebte Emma. Ich liebte sie und wollte Kinder mit ihr haben und jeden Morgen von ihr hören, dass sie mich auch liebte. Ich wollte sie kidnappen und auf ein Schiff mitnehmen, wo die Zeit stillstünde und wir gemeinsam leben könnten, während die Welt langsam vergaß, dass es uns je gegeben hatte. Sie und ich, für immer zusammen. Ich wollte an ihrem Haar schnuppern, die feinen Härchen auf ihren Wangen fühlen, sie lachen sehen und ihre Umarmung spüren. In alle Ewigkeit. Auf unserem Schiff.

Wenn wir nicht zusammen waren, forschte ich viel über ihre Krankheit nach. Ich sammelte Fälle von Leuten, deren Tumor plötzlich verschwunden war, obwohl die Ärzte ihnen nicht mehr viel Zeit gegeben hatten. Zum Beispiel der Franzose, dem sie bei jeder Untersuchung versicherten, dass er auf dem letzten Loch pfiff, und das seit 30 Jahren. Ich war sicher, dass alles gut gehen würde. Emma gehörte zu diesen Leuten, das wusste ich. Genau wie ich gewusst hatte, was Jesper mir sagen wollte, als er zum Badesteg kam. Es war Intuition, etwas, das man nicht in Worte fassen konnte und das die Wissenschaft noch nicht erfasst hatte. Sie war die große Ausnahme, über die man Abhandlungen schreiben und Filme machen würde. Emma würde ihren Tod überleben, das wusste ich.

Obwohl wir nicht über ihre Krankheit sprachen, waren wir enger befreundet als je zuvor. Als hätten das Verschweigen und die Lüge zwischen uns gehangen wie ein schwerer, schwarzer Vorhang. Jetzt, wo wir einander in den Armen hielten und ihn schützend um uns wickelten, war alles anders. Wir waren uns auf ganz andere Art nah.

Ich sprach mit niemandem außer Emma, einmal abgesehen von dem Anruf bei Mads, als ich mich für die Schläge im Treppenhaus entschuldigte. Er sagte, ich solle mich melden, wenn er irgendwas für mich tun könne. Lieb von ihm, doch alles, was ich tun konnte, war für Emma da zu sein, und das musste ich alleine schaffen. Ich war bei ihr, wenn sie schlief, wenn sie wach war, wenn wir zusammen waren, wenn wir für uns waren. Ich war für sie da, wenn sie aufwachte, wenn sie einschlief, wenn sie lächelte, wenn sie weinte. Ich war für sie da, wenn ich ihre Geschichten las, und ich war für sie da, wenn ich Geschichten für sie schrieb.

Ich war für sie da, so sehr ich konnte, bis wir es überstanden hatten.

Treppentanz

In der Regel verabschiedeten wir uns rasch voneinander, wenn sie nach Hause fuhr, aber am Montag, dem 5. Januar war alles anders. Wir standen an meiner Tür und hörten nicht auf, einander zu küssen und Tschüss zu sagen. Schließlich ging sie ins Treppenhaus und ich schloss die Tür, nur um sie gleich wieder zu öffnen und nachzusehen, ob sie noch dastünde. Das Spiel wiederholte sich etliche Male, und wir lachten darüber, aber dieses Lachen verbarg etwas anderes, das Wüten eines Sturms, einen Tsunami.

Ich hatte ihr versprochen, beim Abschied nicht traurig zu sein, denn davon wollte sie nichts wissen. Jedes Mal, wenn ich die Tür öffnete, kam sie wieder ein paar Stufen herauf, küsste mich, und wir lachten. Ich sagte »Ich liebe dich« und schloss die Tür. Beim nächsten Mal sagte sie, dass sie mich auch liebe, wir küssten uns und versicherten einander, dass wir uns morgen sehen würden. *Tschüss* und *bis morgen* waren für uns unzertrennlich geworden. Am Ende lächelte ich nur noch. Hätte ich weiter laut gelacht, wären mir die Tränen gekommen, und davon wollte sie auch nichts wissen. Ich presste ein Ohr an die Tür und lauschte, ob sie wirklich ging. Einerseits hoffte ich es, damit ich nicht vor ihr weinen musste, andererseits wünschte ich, sie würde nie gehen und der Moment würde ewig währen. Sie und ich auf der Treppe.

Ich sah ihr an, dass dieser Morgen anders war. Das Hin und Her dauerte mindestens eine halbe Stunde. Als Emma zum letzten Mal wieder heraufkam, las ich an ihren Lippen ab, dass auch sie gleich weinen würde. Sie legte die Arme um mich, drückte sich fest an mich und flüsterte mir ins Ohr »Die Schrift auf der Mauer«, und für einen Sekundenbruchteil war ihr keckes Lächeln zurück. Dann küsste sie mich lange. Ich spürte gerade noch eine Träne auf meiner Wange, dann riss sie sich los, sagte noch einmal, dass sie mich liebte, und ging ohne *bis morgen*.

Ich konnte nicht einmal mehr »Ich dich auch« sagen. Eine halbe Ewigkeit blieb ich hinter der Tür stehen und öffnete sie immer wieder. Ich wollte, dass sie wieder die Treppe heraufkam und lachte. Dass sie nur meine Geduld auf die Probe stellen wollte. Und dass sie sagte, sie sei wieder gesund.

Erdwurf

Ich stand um vier Uhr morgens auf, um mich vorzubereiten. Zwei Tage hatte ich gebraucht, um die besten Zutaten für einen Coq au vin, Emmas Leibgericht, zu finden. Die Soße hatte die ganze Nacht sanft geköchelt, und ich schmeckte sie mit etwas Thymian ab, bevor ich den Tisch deckte. Ich packte das weiße Tischtuch aus, das ich extra besorgt hatte, und breitete es sorgfältig ohne eine einzige Falte aus. Dann zwei tiefe Porzellanteller, das Silberbesteck meiner Mutter, Weingläser, zwei Dessertschalen, frische Blumen, Kerzen und sauber gefaltete Stoffservietten. Nachdem der Tisch gedeckt war, verbrachte ich anderthalb Stunden im Bad. Ich rasierte mich, duschte gründlich, frisierte mein Haar, putzte die Brille, benutzte parfümfreies Deo und zog mich an. Das neue, weiße Hemd, Blazer und die schwarzen Hosen, die sie liebte. Betrachtete mich im Spiegel und schaltete Musik ein. Eine Playlist mit Emmas Lieblingsstücken. Um acht setzte ich mich an den Tisch und öffnete den Champagner. Sie liebte Champagner, weshalb ich eine Flasche für 600 Kronen gekauft hatte. Ich schenkte beide Gläser voll, hob mein Glas und nippte daran, dann servierte ich das Essen. Ich probierte einen Löffel voll, doch ich bekam nichts herunter. Deshalb blieb ich höflich an meinem Platz sitzen und lächelte krampfhaft zu ihrer Seite hinüber. Nach dem Hauptgericht servierte ich Espresso und Tiramisu, das ich in dem italienischen Restaurant gekauft hatte, wo wir einmal gegessen hatten. Damals hatte sie gesagt, es sei das beste Dessert, das sie je gegessen habe. Ich nahm einen oder zwei Bissen, trank schweigend meinen Kaffee und schaute auf die Uhr. Dann legte ich die Serviette auf den Tisch und zog meine Schuhe an.

Mads wartete unten im Auto, und wir sprachen kein Wort, als ich einstieg. Er trug eine Sonnenbrille, wie ich. Als ich unterwegs zu weinen anfing, nahm er meine Hand und ließ sie nicht los, bis wir vor der kleinen Kirche parkten.

Emmas weißer Sarg stand zwischen den Eichenholzbänken und verbarg sie. Mir war übel und schwindlig. Ich starrte auf den Sarg und stellte mir vor, er sei durchsichtig. Ich sah ihr Gesicht, obwohl ich nicht einmal wusste, wo ihr Kopf lag. Aber da drinnen lag sie. Emma. Emma, deren Augen wie zwei aufgespannte Regenschirme waren, wenn sie lächelte. Emma, die mich in Italien Herman nannte, die Pfeife im Mundwinkel. Emma, die mit mir den Tod meiner Mutter beweinte. Emma, die mich neckte. Emma, die die lustigsten Kosenamen für mich erfand und sagte, dass sie mich liebe. Emma, die ich liebte. Emma, mit der ich mein ganzes Leben verbringen wollte. Emma, die mich glücklich machte. Da lag sie. In einem Sarg. Tot. Unter dem Himmel, zwischen weiß gekalkten Wänden, auf kaltem Stein, zwischen morschen Bänken und abgeschnittenen Blumen, vor dem Pfarrer und neben mir, aber nicht mit mir zusammen. Tot.

Am liebsten wäre ich davongerannt, aber ich riss mich zusammen. Wir setzten uns auf die Bank neben dem Sarg, ich ganz vorn. Ich legte die Hand auf das weiße Holz und zog sie nur zurück, wenn jemand vorbeiwollte. Sie sollte nicht allein sein, meine liebe Emma. Der Pfarrer hielt eine Predigt, die ich nicht hörte. In meinen Ohren war nichts als Sausen. Gesangbuch, Nr. 674, *Schlaf süß, mein Kind*, und obwohl meine Stimme mehrmals brach, sang ich, so laut ich konnte, damit Emma mich durch das Holz hindurch hörte.

Ich trug den Sarg mit aus der Kirche. Hielt sie an der Hand. Begleitete sie ans Grab. Es war so still. Ich wollte nicht loslassen. Ich wollte sie an der Hand halten, bis ich selbst starb und mich zu ihr legen konnte. Aber ich ließ los, und sie wurde hinab in die Erde gelassen. Wurde gepflanzt. Ich nahm die Sonnenbrille ab, und der Pfarrer warf Erde auf sie.

»Mach's gut, Emma. Mach's gut!«, sagte ich und warf eine letzte Rose in ihr Grab.

Sie war die Einzige von uns, die nicht weinte.

Teil 6

Ein neuer Tag

Der Rottweiler

Nach der Beerdigung zog ich zu Bertram und Tove, weil ich mich dort am wenigsten einsam fühlte. Außerdem war ich kaum imstande, irgendetwas selbst zu tun. Mein Körper und ich waren wie Fremde. Meine Beine waren so schwach, dass ich mich nach wenigen Schritten setzen musste, ich spürte weder Hunger noch Durst, und erst, wenn es fast zu spät war, merkte ich, dass ich pinkeln musste. Alles tat weh, mein Blick flackerte, ich konnte mich nicht konzentrieren, ich wachte nachts auf und rang nach Luft, weil mein Körper verlernt hatte zu atmen. Wenn ich am Leben bleiben wollte, musste ich meinen Körper bewusst zu allem anleiten, und weil mir in jenen Tagen nichts gleichgültiger als mein Körper war, überließ ich ihn Bertram und Tove. Ich aß, wenn sie mir etwas gaben, wusch mich, wenn sie es vorschlugen, trank Wasser, wenn sie mir ein Glas hinstellten. Die restliche Zeit saß ich auf dem Sofa, starrte vor mich hin und versuchte zu atmen.

Nach ungefähr einer Woche wurde die Leere und Fremdheit zu einem unbeschreiblichen Schmerz im Bauch. Es fühlte sich an, als wohnte ein tollwütiger Rottweiler in meinem Magen, ein geisteskranker Köter, der an meinen Nerven kaute und seine Bakterien verteilte. Der Schmerz zog durch den ganzen Körper, ich krümmte mich, biss die Zähne zusammen, meine Beine brannten und mein Rückgrat verdrehte sich, als wollte es sich selbst brechen. Ich dachte, ich würde sterben, mein Herz schlug wild und unregelmäßig. Die Anfälle kamen immer, wenn ich an Emma dachte, und dauerten vielleicht eine Viertelstunde. Hinterher musste ich mich übergeben, und weil ich weiter die Zähne zusammenbiss, quoll die Kotze zwischen ihnen oder durch die Nase hervor. Wenn es vorbei war, schlief ich auf der Stelle für mindestens eine Stunde ein. Das Einzige, was ich tun konnte, war, mich so gut wie möglich abzulenken. Ständig musste ich mich auf etwas Neues konzentrieren, andere Dinge ansehen, Musik hören, Ruhe haben, essen, schlafen, wach sein, stehen, liegen, gehen, sitzen. Sobald ich zu lange verharrte oder bei einer Beschäftigung blieb, kamen die Gedanken und die Bauchschmerzen. Ich sah mir ein paar Minuten von einem Film an, spielte eine halbe Runde Karten mit Tove, nahm ein kurzes Bad, Krämpfe, las die Hälfte meiner Facebook-Nachrichten, Krämpfe, rauchte zwei Züge an einer Zigarette, schaufelte etwas Schnee im Garten, Krämpfe, aß ein halbes Stück Kuchen, brauchte plötzlich Lärm, Krämpfe, hörte eine Minute hartes Techno, verzog mich für etwas Stille in den Schuppen, fror und machte die Gasheizung an, Krämpfe, schwitzte und duschte eiskalt, versuchte mit Bertram zu reden, überflog die Titelseite der Zeitung, Krämpfe, nahm Schmerzmittel, malte einen Kreis, Krämpfe, nahm mehr Schmerzmittel, Krämpfe. So ging es über zwei Wochen, wie ein endloser Fieberwahn, und je mehr ich versuchte, den tollwütigen Rottweiler zu ignorieren, desto fester biss er zu.

Eines Morgens Ende Januar saß ich auf dem Sofa und blätterte in einem Bildband über Kopenhagen, als ich einen heftigen Schweißausbruch bekam. Das war ein Zeichen dafür, dass ich etwas anderes tun sollte. Bertram war Brötchen holen, deshalb ging ich zu Tove, die am Küchentisch saß und irgendwelche Papiere durchsah.

»Tove, mir geht's nicht so gut. Es kommt wieder. Können wir kurz Karten spielen? Oder vielleicht ein bisschen Frühstücksfernsehen schauen?«, fragte ich.

Sie sah mich an, und obwohl ich sicher einen elenden Anblick bot, war keine Spur von Mitleid in ihren Augen. Ihr Blick war forschend, diagnostizierend, freundlich. Ich sah sie weiter an, damit sie herausfinden konnte, was ich brauchte. Als könnte sie im Flackern meiner Augen eine Lösung finden. Sie stand auf, legte die Hand um meine Hüfte und führte mich hinaus auf den Korridor. Ich fragte nicht, was sie vorhatte, sie war mein Blindenstock.

»Lass uns ein bisschen frische Luft schnappen«, sagte sie, ging in die Hocke und zog mir ein Paar Schuhe an.

Seit der Beerdigung war ich nicht weiter gekommen als bis zum Gartentor. Ich konnte nicht einmal die Arme heben, Tove half mir in die Jacke. Draußen lag Schnee. Der Schmerz hatte sich in meinem Magen festgebissen, und mit kleinen schlurfenden Schritten schob ich den Schnee vor mir her. Auf dem Weg hinunter zum See blieb ich immer wieder stehen und krümmte mich vor Schmerzen. Tove wartete auf mich, half mir aber nicht. Nach einer halben Stunde erreichten wir den See, der fast zugefroren war. Tove setzte sich auf eine Bank, ich lief unruhig hin und her und versuchte, meinem Körper zu entkommen. Der Gedanke an Emma und der Verlust schlichen sich an und gleich würden sie da sein.

»Ich muss weiter. Können wir woandershin oder nach Hause gehen?«, fragte ich und biss die Zähne aufeinander.

Doch Tove antwortete nicht. Sie blieb einfach sitzen.

»Jetzt!«, sagte ich, aber sie schwieg noch immer.

Ich weiß nicht, warum, aber ohne sie konnte ich nicht gehen. Ich traute mich nicht. Nach einigem Zögern setzte ich mich zu ihr.

»Ich vermisse sie, Tove«, platzte es aus mir heraus. »Ich vermisse sie so sehr, dass ich wahnsinnig werde.«

»Das kann ich gut verstehen. Und ich bin sehr beeindruckt, wie du kämpfst.«

In diesem Moment kamen die Tränen. Das Heulen überkam mich wie ein schwarzer Sandsturm.

Tove nahm mich in die Arme, und ich konnte nicht anders, als sie auch zu umarmen. Wir standen auf, und ich drückte sie fest an mich, konnte nicht mehr loslassen vor Angst. Die Bauchschmerzen ließen von Minute zu Minute nach, mein Blick wurde langsam klarer, und nach einer halben Stunde war ich in der Lage, mit einigermaßen festen Schritten nach Hause zu gehen. Ich hielt mich nur noch am Ärmel ihrer Jacke fest, bis wir vor der Haustür standen.

»Es wird nicht leicht, Vitus, aber du stehst es durch«, sagte sie, und wir gingen hinein.

Ich nickte, ging ins Wohnzimmer und rollte mich auf dem Sofa zusammen. Ich war außerhalb der Welt angekommen.

Die elfte Ausnahme

Es ist schwer, das Unbeschreibliche zu beschreiben, und mein Zustand in den nächsten anderthalb Monaten war so unbeschreiblich wie die Dunkelheit. Ich blieb bei Bertram und Tove wohnen, ich fühlte mich einsam, weinte mehr, als dass ich nicht weinte – aber was sagt das schon. Der beste Weg, davon zu erzählen, ist wohl ein Umweg. Am besten, ich erzähle von den Ausnahmen. Am Anfang gab es nicht viele davon, aber mit der Zeit wurden es mehr.

Die erste Ausnahme war, dass Tove und ich laut lachten, als Bertram einmal gleichzeitig nieste und laut furzte. Die zweite war die eine Nacht im Februar, in der ich nicht von Emma träumte. Dass Mads mich sturzbetrunken anrief und mir von einer Frau erzählte, in die er sich verknallt hatte, war die dritte. Viertens schimpfte Tove zum ersten Mal laut mit mir, weil ich nach dem Abwasch den Abfluss nicht sauber gemacht hatte. Nummer fünf, sechs und sieben waren jene Momente, als Bertram und ich mit der Gasheizung im Schuppen saßen und über Mutter und Emma sprachen. Dass ich alleine einkaufen ging, war die achte Ausnahme. Bei der neunten stand ich im Bad, als mich plötzlich eine merkwürdige Freude überkam bei dem Gedanken, dass alles nicht mehr schlimmer und deshalb nur noch besser kommen konnte. Und zehntens war da dieser Abend, an dem ich über Emma sprach, ohne in Tränen auszubrechen. In der zweiten Märzhälfte schließlich kam die elfte Ausnahme.

Am Abend zuvor war ich bei einem BBC-Dokumentarfilm über Wälder eingeschlafen und hatte mich über meine Brille gewälzt und dabei das Gestell zerbrochen. Bertram bot mir an, sie zu meinem Optiker in der Nørregade zu bringen. Als er zum Wagen ging, zog ich schnell Schuhe an und lief ihm nach. Bis dahin hatte ich mich nie mehr als ein paar Hundert Meter vom Haus entfernt, und ich konnte etwas Abwechslung gebrauchen. Wir fuhren zusammen in die Stadt, und die Welt sah aus wie immer. Der Optiker plapperte drauflos, aber darum kümmerte sich Bertram. Bevor wir heimfuhren, aßen wir einen Burger in Nørreport.

»Emma hat mir mal eine Geschichte über einen heimatlosen Troll geschickt, der hier im Tunnel wohnt«, sagte ich, als wir durch den Tunnel der Sølvgade fuhren.

»War die Geschichte für dich?«

»Ja. Das hatten wir uns in der letzten Zeit angewöhnt. Jeder von uns nannte einen Ort, über den der andere schreiben sollte, und beim nächsten Mal tauschten wir unsere Geschichten aus.« Schon spürte ich einen Knoten im Hals.

Wir schwiegen eine Weile, aber draußen auf der Schnellstraße fragte Bertram, über welche Orte wir noch geschrieben hätten. Ich erzählte von dem Petanque-Spieler am Højbro Plads, dem psychotischen Hund in der Istedgade, dem Goldfisch mit dem phänomenalen Gedächtnis im Bibliotheksgarten, und gerade als ich von den beiden Alten erzählen wollte, die in Tisvilde auf einer Mauer balancierten, fiel der Groschen. Die Mauer. *Die Schrift auf der Mauer!* Sie hatte keine Hauswand gemeint.

Zuhause öffnete ich sofort die kleine Mappe, in der ich alle Geschichten aufbewahrte, die sich Emma für mich ausgedacht hatte, fand die mit der Mauer in Tisvilde, stellte die Gasheizung im Schuppen an und ließ sie eine halbe Stunde laufen, ehe ich mich dorthin verzog.

Emma und ich waren im Spätsommer in Tisvilde gewesen. Ihre Eltern hatten dort ein Sommerhaus, aber Emma hatte den Schlüssel vergessen, weshalb wir unser Nachtlager an einer kleinen, halb verfallenen Mauer dicht am Meer aufschlugen. Wir machten ein Feuer und saßen die ganze Nacht dort. Später, als wir einander Orte für unsere Geschichten nannten, hatte ich die Mauer gewählt, und sie hatte sich eine Geschichte über zwei alte Leute ausgedacht, die auf eine Mauer schrieben.

Ich zündete mir eine Zigarette an und las die Geschichte viermal hintereinander.

Die Mauer in Tisvilde

An einem Junitag 1978 ging Selma in den Dünen spazieren. Sie war so alt, dass der Sand sich in den Falten ihrer Füße sammelte. An diesem Tag beschloss sie, einen anderen Weg zu gehen als den, den sie in den 15 Jahren seit dem Tod ihres Mannes täglich gegangen war. Anstatt hinter der großen Tanne in den Wald abzubiegen, ging sie weiter am Strand entlang. Nach zehn Minuten erblickte sie den Mann, dessen Namen sie nicht kannte. Für sie hieß er nur »Der Mann mit Bella«. Er balancierte auf einer kleinen Mauer zwischen zwei Sandbänken, während Bella mit hängender Zunge im Sand saß und ihrem Herrchen zusah. Selma wusste nicht mehr über ihn, als dass sein Hund Bella hieß. Viele Jahre lang hatte sie gesehen, wie er den Hund an der strammen Leine hinter sich herzog, doch inzwischen hatten sie die Plätze getauscht, und Bella zog den Mann an der strammen Leine hinter sich her.

Ohne groß nachzudenken oder ein Wort zu sagen, stieg Selma auf das entgegengesetzte Ende der Mauer und sah dem Mann mit Bella in die Augen. Mit langsamen Schritten balancierten sie aufeinander zu, und als sie Nasenspitze an Nasenspitze standen, legte der Mann mit Bella seine Hände auf Selmas Oberarme und versuchte, an ihr vorbeizukommen. Sie fielen beide von der Mauer, gingen zurück zu ihrem jeweiligen Ausgangspunkt und versuchten es von Neuem. So ging es noch drei Mal, und immer fiel jeder auf seine Seite. Der Mann mit Bella purzelte auf die Strandseite, Selma purzelte auf die Waldseite. Am nächsten Tag wiederholte sich das Schauspiel, und auch am übernächsten Tag, ohne dass sie ein Wort miteinander gewechselt hatten.

In der Nacht des dreizehnten Tages tat Selma etwas, was sie selbst überraschte. Im Licht des Vollmonds ging sie zu der Mauer, setzte sich auf die Seite des Mannes mit Bella – die Meeresseite – und schrieb mit einem Kalkstein »Hej, ich heiße Selma« auf die Mauer. Am nächsten Tag blieb der Mann mit Bella etwas länger auf seiner Seite sitzen, nachdem sie heruntergefallen waren, und am Tag darauf stand auf Selmas Seite – der Waldseite – »Ich heiße Thorkild. Wie geht es dir?«.

Jede Nacht saßen die alten Leute auf ihrer Seite der Mauer und kratzten mit ihren Kalksteinen drauflos, bis die Sonne aufging. Dann stiegen sie wie immer auf die

Mauer, balancierten aufeinander zu und schubsten den andern in Richtung Meer oder Wald, wo sie saßen und über das Leben des anderen lasen. Selma schrieb über den unglücklichen Tod ihres Mannes, den Sonnenuntergang in der Kalahari-Wüste, Sardellen aus Neapel und alles Mögliche von ihrer Geburt bis zum gegebenen Tag. Thorkild schrieb, wie streng sein Vater ihn früher bestraft hatte, er schrieb von Bella seniors Tod im Jahr 1965, von der Geburt Bella juniors, der entlaufenen Schildkröte seiner Mutter und vielem anderen, das sich zwischen den Sandkörnern unter seinen trockenen Knien und den Sternen über seiner Glatze abgespielt hatte. Der Platz auf Mauern ist begrenzt, und leider war diese eine Mauer keine Ausnahme. Selma und Thorkild schrieben mit immer kleineren Buchstaben, bis die ehemals rote Mauer weiß wie die Milch der Kuh aus Thorkilds Stall war. Nur mit einer Lupe erkannte man, dass es keine Farbe war, sondern Tausende und Abertausende von Buchstaben, die Thorkilds und Selmas Leben wiedergaben.

An einem windstillen Tag im Jahr 1982 blieben beide auf ihrer Seite sitzen und betrachteten die vollgeschriebene Mauer. Keiner von ihnen hatte mehr Platz. Am Ende ergriff Selma die Initiative. Sie ging hinunter ans Ufer, tauchte ihren Schal ins Wasser, kam zurück auf Thorkilds Seite und wischte die Passage über Bella seniors Tod aus, damit Thorkild Platz hatte, um mehr zu erzählen. Thorkild machte es ihr nach und wischte die traurigen Worte über das Altwerden, die Kopfschmerzen und die schwindende Kraft aus.

Am Tag darauf waren Bella seniors Tod durch einen Lachanfall im Jahr 1953 ersetzt und die Kopfschmerzen durch die Geburt von Selmas Enkeln. So wischten sie nach und

nach die schlechten Erinnerungen des anderen aus, bis nur noch gute übrig waren. Als die Jahre vergingen, fragte sich Selma, was wirklicher war: die Erzählung, die sie ihr Leben lang wiederholt hatte, oder die Geschichte auf der Mauer, die durch Thorkilds Streichungen mit einem in Salzwasser getauchten Handtuch entstanden war.
Bis zu ihrem Tod im Jahr 1987 fand sie darauf keine Antwort, doch die Mauer steht noch heute dort. Weiß und unberührt.

Die Geschichte brachte mich zum Weinen, weil sie mich daran erinnerte, dass Emma nicht mehr da war, aber ich liebte sie. Ich fühlte, dass sie von uns beiden handelte.

Ich musste die Mauer wiederfinden. Schon allein, um sicherzugehen, dass Emma nicht dort saß.

Bevor ich ins Bett ging, checkte ich den Fahrplan nach Tisvilde, putzte meine Brille, machte mir ein Lunchpaket und stellte es in den Kühlschrank.

Es war die erste Nacht seit zwei Monaten, in der ich ohne Licht schlief.

Vittevittevitus

Zum ersten Mal seit Langem reiste ich auf etwas zu anstatt von etwas weg. Ich hörte Gogol Bordello, aß pausenlos Bananen und weinte nur zweimal. In Hareskov und an der geschlossenen Eisdiele in Tisvilde. Die klare Luft war so kalt, dass sich in meiner Lunge Reif bildete. Die Sonne schien, und am Wald von Tisvilde knirschte der Sand unter meinen Schuhen wie die Karamellkruste einer Crème brûlée. Aus den knorrigen Bäumen des Trollwalds drang Vogelgesang wie von einer Heidelerche. Ich musste an meine Mutter denken. Einmal waren wir im Wald spazieren, als wir eine Heidelerche hörten und sie stehen blieb. Der Vogel habe ein Geheimnis, sagte sie. Lerchen kämen nur in den Wald, um ein Geheimnis zu verraten, denn bei wem sei es besser aufgehoben als bei einem Baum? *Nur wer richtig zuhört, kann ihr Lied verstehen.* Ich hatte nie herausgefunden, wovon die Heidelerche sang.

Je näher ich der Mauer kam, desto trauriger wurde ich. Zuletzt war ich mit Emma da gewesen, und das würde nie wieder geschehen. Aber meine Traurigkeit erschien mir irgendwie nicht tief genug. Ich wollte noch mehr. Ich wollte so traurig sein wie überhaupt möglich. Ich hoffte, ich würde beim Anblick der Mauer zusammenbrechen, denn sie war nur ein weiterer Ort, an dem Emma nicht war. Ihr Anblick würde die totale existenzielle Leere auslösen und meine Befürchtungen bestätigen. Ich war wie ein Kind, das einen Grund zum Weinen sucht. Doch als ich die Mauer sah, geschah das genaue Gegenteil.

Schon aus 30 Metern Abstand konnte ich lesen, was dort mit weißer Farbe geschrieben stand, und anstatt zu heulen, brach ich in Gelächter aus. Wieder hatte Emma rechts geblinkt und war links abgebogen. Ich umrundete die Mauer und suchte nach Zeichen. Aber es stand nichts anderes dort. Ich setzte mich in den Sand, lachte und weinte. Sie war einfach großartig.

Wir sehen uns auf der anderen Seite, Vittevittevitus – lass die Pfeife nicht ausgehen!

Kein Herz, kein *Ich liebe dich* oder Ähnliches. Das hier war alles, wofür ich sie liebte. Es war eine große Abschiedsfanfare, wie sie sich nur Emma ausdenken konnte. Kein sentimentales Gewäsch, kein Trost und keine Schmeichelei. Ich saß viele Stunden vor der Mauer im Sand, lachte, lächelte und weinte. Bestimmt hatte sie gekichert, während sie die Buchstaben auf die Mauer malte. Und natürlich hatte sie ihre Hose mit Farbe bekleckert. Auf dem Rückweg zum Zug hatte sie laut gepfiffen.

Anstatt zu Bertram und Tove zu fahren, nahm ich den Zug in die Stadt, kaufte zwei Cola und ging direkt in die Studiestræde zu Mads.

Er umarmte mich fest und lange und küsste mich auf die Wange. »Heute habe ich etwas eingesehen«, sagte ich und klapperte mit den Kiefern des Baby-Krokodilschädels, der auf seinem Couchtisch lag.

»Und zwar, wie scheißfroh ich bin, dass ich Emma kennengelernt habe.«

Ich verdrückte eine kleine Träne. »Und nicht mal, wenn ich könnte, würde ich irgendetwas anders machen. Ich fand es so verdammt ungerecht, dass sie sterben musste, und irgendwie dachte ich … Ich dachte, das sei es nicht wert gewesen.«

Mads nickte.

»Aber irgendwann müssen wir alle sterben, und wenn ich meine Rechnung mache, will ich lieber die kurze Zeit mit Emma erlebt haben, als sie nie gekannt zu haben. Weißt du, was ich meine?«

Er nickte wieder, sichtlich gerührt.

»Auch wenn es viel zu früh vorbei war – ich kann mich glücklich schätzen, Mads. Und auch wenn sie nicht mehr da ist, ist sie immer hier, bei mir.«

Mads kochte Risotto und wir sprachen über Emma, bis Bertram mich abholte.

»Lass die Pfeife nicht ausgehen«, murmelte ich auf dem Weg nach unten zu mir selbst, klopfte zweimal aufs Treppengeländer und lächelte. Erst dann kam die Leere wieder.

Ein neuer Tag

Manchmal glaubt man etwas und manchmal fühlt man sich ziemlich sicher. Seltener glaubt man, dass man etwas weiß. Und noch seltener weiß man es schlicht und einfach. Man weiß. Als ich am fünften Mai aufwachte und in die Küche ging, um Kaffee zu kochen, wusste ich, dass dies ein neuer Tag war. Ein neuer Tag, an dem Tove zur Arbeit gefahren war und Bertram im Garten Rasen mähte. Es war der erste neue Tag seit Emmas Tod. Ein neuer Tag, an dem ich die Gelenke meiner Finger knacken ließ, die Laufschuhe anzog und lief, was ich konnte. Ein neuer Tag, an dem ich zu Bertram sagte, dass ich bereit sei, wieder in meine Wohnung zu ziehen. Er lächelte leicht wehmütig, klopfte mir auf die Schulter und sagte: »Sieht so aus.« Ein neuer Tag, an dem Mads mir half, meine Wohnung auf Vordermann zu bringen, wobei wir Ratatat hörten und tanzten. Ein neuer Tag, an dem ich meine restlichen Zigaretten wegwarf, mein Fahrrad flickte und dachte: *Zur rechten Zeit.* Es kam ein neuer Tag, an dem ich Arbeit suchte, und einer, an dem ich Arbeit bekam, es kam ein neuer Tag, an dem ich über eine Ausbildung nachdachte und mich für mehrere begeisterte, es kam ein neuer Tag, an dem ich Emma auf eine gute Art vermisste, ein neuer Tag, an dem der Sommer begann und ich mit zehn Freunden ein Grillfest in meinem Hof veranstaltete, es kam ein neuer Tag, an dem ich Emmas Familie besuchte und wir mehr weinten als lachten, ein neuer Tag, an dem ich ein Schraubenzieher-Set kaufte und begann, elektrische Geräte auseinanderzunehmen, an dem ich im Meer badete und lachte, an dem ich Bertram und Tove eine Wochenendreise nach Berlin zum Hochzeitstag schenkte, an dem ich mich auf morgen freute, es kam ein neuer Tag, an dem ich zusammen mit Bertram und Mads einen kleinen Fischkutter kaufte, den wir renovierten, während wir Bier tranken und über gute Filme sprachen. Es kam ein neuer Tag, an dem Mads eine Freundin fand, Martha, und ich meinen Ohren nicht traute, an dem wir zusammen ins Sommerhaus fuhren, ein neuer Tag, an dem ich noch immer um Emma weinte, was aber okay war, an dem ich nachts um die Seen spazierte und fühlte, dass wir zusammen waren, ein neuer Tag, an dem die Stadt nach Lagerfeuern roch und ich mir vorstellte, in den alten Tagen zu leben und eine Kutsche zu fahren, es kam ein neuer Tag, an dem ich froh war zu leben und mehr und mehr leben wollte und fühlte, dass ich für Emma lebte und Emma imponieren wollte, und es kam ein neuer Tag, an dem ich mit Farbe und Sprühkanne zur Mauer fuhr und kleine Geschichten für sie auf die andere Seite der Mauer schrieb, und obwohl ich wusste, dass es keinen Sinn machte, hatte es einen Sinn, ein neuer Tag, an dem ich Coq au vin für Mads und Martha kochte und fand, dass die Welt überwiegend gut sei, an dem ich zuerst Emmas Grab und dann das Grab meiner Mutter besuchte, was ich noch nie getan hatte, es kam ein neuer Tag, an dem ich allein Lakritzeis mit Himbeeren aß, an dem ich fünf Fensterscheiben einwarf, weil ich Emma vermisste und mich betrunken hatte, und dafür ein Riesenbußgeld aufgebrummt bekam, es kam ein neuer Tag, an dem ich auf Feten ging, ohne zu trinken, an dem ich Mads tröstete, weil Martha mit ihm Schluss gemacht hatte, an dem ich dachte, dass es gut für ihn sei, an dem wir einander umarmten und scherzten, dass wir beide von der Liebe unseres Lebens verlassen worden waren (obwohl Mads wohl etwas übertrieb), ein neuer Tag, an dem ich mit Tove ins Kino ging und wir über Bertram lachten (obwohl mich ihre energische Körperhaltung nervte), es kam ein neuer Tag, an dem ich Emmas Familie besuchte und wir mehr lachten als weinten, es kam ein neuer Tag, ein neuer Tag, ein neuer Tag, ich war nicht auf dem Gipfel der Welt und würde auch nicht dort sein, aber das war okay, denn es war ein neuer Tag, und ich zeigte die Mutterkiste zuerst Mads und dann Bertram und Tove, aber die Emmakiste behielt ich für mich, und es kam ein neuer Tag, an dem ich meinen Onkel in Jütland besuchte und total bewegt vom Anblick der Vejlefjordbrücke war, die mit ihren schlanken Hüften durch die Landschaft sprintete, und ich wusste, dass ich Architekt werden wollte, und es kam ein neuer Tag, an dem ich bei Emmas Familie war, ohne dass wir über Emma redeten, ein neuer Tag, an dem ich es befreiend fand, dass das Leben so sinnlos war, es kam ein neuer Tag, an dem der Kutter fertig wurde und wir ihn in Skovshoved zu Wasser ließen, an dem Bertram sich freute und lächelte, wie er es seit Mutters Tod nicht mehr getan hatte, an dem seine Arme stark waren, als er das Tau auf den Anleger warf und »Einfach nur raus!« brüllte, als Mads fragte, wohin wir fuhren, und ich stand mit einem Mineralwasser am Steven und das Meer duftete nach Salz. Und die Möwen schrien. Und das Wasser war rein wie das Gewissen eines Neugeborenen. Und die Reling erinnerte mich an Emma, obwohl sie aus Mensch gemacht war und die Reling aus Holz. Und Mads und Bertram standen achtern und redeten. Und ich spuckte dreimal aus. Und trank einen Schluck Mineralwasser. Und zündete mir eine Zigarette an, obwohl ich mit dem Rauchen aufgehört hatte. Und ich vermisste Emma.

Und ich wusste, dass die *rechte Zeit* gekommen war.

Und ich nahm mein Telefon.

Und ich entsperrte es.

Und ich suchte die Nummer.

Und ich rief sie an.

Und es klingelte dreimal.

Und sie sagte »Hier Sara«.

Und ich sagte »Hier Vitus«.

Und sie sagte, dass ihr leidtue, was geschehen war.

Und ich sagte, dass es mir auch leidtue.

Und sie war still.

Und ich war still.

Und ich sagte: »Ich glaube, ich würde sie gerne mal sehen, wenn ich darf. Nur mal schauen, für's Erste.«

Es kam ein neuer Tag.

Danksagung

Ein Buch herauszugeben hat ebenso viele schöne Seiten wie das Buch selbst. Eine davon ist die Gelegenheit, Danke zu sagen. Vor allem möchte ich mich bei meinen unermüdlich Redakteuren und Mitlesern bedanken: Louise Haslund-Christensen, Johannes Riis, Lars Ringhof, Kaspar Colling Nielsen, Pernille Plaetner (ohne dich kein Buch, Mutter), Kristoffer Granov, Jakob Silas Lund, Karsten Ifversen, Mads Kristian Frøslev, Fabiana Giraldi, Natalia Anna Ciepiel und alle anderen. Danke für eure Unterstützung, den kritischen Blick und gutes Sparring.

Außerdem möchte ich Barbara Amstad, Siris Hartkorn, Nabil Al-Sharafi, Annette Ohl, Mogens Christensen, Pia Scharling, Kim Bohr und dem Verein San Cataldo für die großzügige Gastfreundschaft in Apulien, im Jemen, an der Amalfiküste und in Castel Vittorio danken.

Nicht zuletzt schulde ich allen fantastischen Menschen Dank, die mein Crowdfunding unterstützt haben. Danke! In willkürlicher Reihenfolge: Mik Thobo-Carlsen, Rune T. Kidde (Ruhe in Frieden), Martin von Haller Grønbæk, Morten Hartkorn, Balder Olrik, Magnus Restofte, Mette Frobenius, Christian Schønau, Mads Bjørn Georg Jensen, Fabian Holt, Malene Trock Hempler, Jakob Schweppenhäuser, Siris Hartkorn, Dann Nørgaard, Niels Emil Hillerup, Mie Maja Kruse, Jacob Kornum, Maria Byskov, Jacob Tornbjerg, Ajaja Kofoed, Theis Koch, Natalia Ciepiel, Dirk Natorp, Esben Hvalkof, Marianne Rohweder, Pernille Plaetner, Karl-Christian Frølunde, Yannick Harrison, Malthe Madsen, Rockerbande, Vibeke Hartkorn, Christian Langballe, Patrik Jensen, Sofie Traulsen, Heidi Feldskou, Tatiana Tilly, Edmond Dukaj, Christian Sloth, Lazar Lakic, Benjamin Lundstrøm, Caroline Grønholdt, Louise Kjær, Peter Kure, Klaus Laursen, Ole Laursen, Esben Sørensen, Mads Jeppesen, Sven Ole Schmidt, Anne Giraldi, Søs Uldall-Ekman, Abdellah Ihadian, Morten Westergaard, Sidsel Boye Petersen, Luise Valentiner Moulin, Boris Boll-Johansen, Francisca Nacht, Marco Dandrea, The Woken Trees, Sita Simonsen, Jannie Mikkelsen, Lars Freising, Jannik Schow, Sofus Hartkorn Giraldi, Charlotte Ipsen, Beata Ciepiel, Kristian Kjærsgaard, May Shamim Nakyanzi, Peter Stanners, Åsmund Kverneland, Lasse Kofod, Jacob Kragh Knudsen, Ole Bloch, Christian Søgaard, Ulla Hempel, Carl Johan Klubien Lund, Helene Dambo, Lis Aaboe, Anne Thorogood, Ann Bilde, Louise Plaetner, Joachim Kjeldsen, Lise Kjøller, Thomas Schelde, Fif Beck, Mathilde Friese, Idun Genborg, Grethe Vitus Mortensen, Malene Vitus, Mona Larsen, Frederik Crone, Victoria Mørck, Peter Konoy, Andreas Rasmussen, Marc Jørgensen, Jørgen Angel, Damian Leszkowicz, Luna Kira Rud-Petersen, Pia Scharling, Luna Tindbæk, Fabiana Hartkorn Giraldi, Frederik Lundov, Freja Genborg, Ulrik Højmark Pedersen, Jozefina Marelja, Sebastian Rindom, Ihsan Tahir, Mette Frandsen, Kristoffer Aabo, Palle Frisk, Louise Strange und Karl Joelsen.